折射集
prisma

照亮存在之遮蔽

［法］勒克莱齐奥 著

施雪莹 译

J.M.G. Le Clézio

物质的迷醉

L'extase matérielle

南京大学出版社

目 录

001　物质的迷醉
021　无限居中
048　　　风景
071　　　人造之物
087　　　写作
121　　　未来
135　　　苍蝇谋杀案
145　　　陷阱
192　　　意识
197　　　镜
247　沉默

297　词中世界——《物质的迷醉》译后记

"两只鸟,相互依偎、永不分离的伴侣,栖在同一棵树上;其中一只吃着树上甘甜的果子,另一只看着它,什么也不吃。"①

(《剃发奥义书》,第三剃发,第一节,耳闻其一;《梨俱吠陀》,Ⅰ,164,20;《白骡奥义书》,第四课,耳闻其六)②

---

① 此处译文根据原文法语直译而得。梵文原文翻译可参考黄宝生译《奥义书》(商务印书馆,2012年):"两只鸟儿结伴为友,栖息在同一棵树上,一只鸟品尝毕钵果,另一只鸟不吃,观看。"——本文注释均为译者注。

② 《奥义书》是印度上古时代(即吠陀时代)的文献之一,另有吠陀本集、梵书、森林书等。奥义书一般附于梵书之后,是关于祭祀与人生的思考。一般公认属于吠陀时代的奥义书有十三种,《剃发奥义书》即是其中一种,以诗体写成,约写于公元前五六世纪至公元前一世纪间。参见黄宝生译《奥义书》导言部分。章节名称译法参考法语版词义:剃发(Mundaka),节(Khanda),耳闻(Shruti),课(Adhyâya)。

物
质
的
迷
醉

L'EXTASE MATÉRIELLE

当我还未出生，当我尚未将我的生命闭合成环，而那将不可磨灭的还未被铭刻；当我不属于存在的，甚至未被构想，亦不可构想，当这微末无极的细节构成的巧合甚至还未启动；当我不属于过去，不属于现在，更不属于未来；当我不存在；当我无可在；目不可察的末节，混入种粒的种粒，不消分毫便可使之偏离原路的简单可能。我，或他人。男，女。或马，或杉，或金色葡萄球菌属。当我甚至不是无，因为我不是对某物的否定，亦非缺席，亦非想象。当我的种子尚在流浪，既无形状亦无未来，一如无边黑夜里其他未能到达的种子一样。当我尚为他人之食，而非进食者，当我尚在构建，而未被构成。我不是死的。我不是活的。我只存于他者之躯，我只依凭他人之力。命运不是我的命运。通过微观的震动，顺时而下，所谓实体之物走上不同的道路，摇摆不定。这出戏何时为我展开？是在哪个男人或女人的躯体里，哪株植物、哪块石头里，我开始奔向我的面容？

我一度被遮蔽。他者之状与他者之生将我完全覆盖，而我亦无须存在。这极满、极平展的空间里没有我的位置。一切都是满的。无一物可加。而在这异常精确的交错中，在这片普遍的和谐中，在这存于我不存之处的物质里，一切已然自足。所在的，便牢固、切实地存在；除此之外别无其他：只有我不在其中的形状、我未活过的生命、我未听闻的节奏、我未遵循的法则。此界完满，深植此刻，而足致永恒，我的虚无在此无立锥之地。我无一物曾现，亦无一物须现。自生者自生，如是，依着不可明的计划依次浮现。

缓慢、长久、有力地，陌生的生命胀起它的瘤块，充盈了空间。好像火堆尖上燃烧的火焰，但那从不是同一片火焰，应在者即刻便完美地存在。种种存在生而复灭；分裂不竭，填满虚空，充满时间，体味，也被体味。数百万的眼，数百万的口，数百万的神经、触角、咬颚、触手、伪足、睫毛、吸盘、感知孔都在全世界里张开，任由物质的温和气息进入。无处不是光明、声响、芬芳，冷和暖，坚实、养分。无处不是颤抖、波浪与振动。可对我而言，这不过是寂、静和夜。是感官的缺失。因为我的真并不在这些转瞬即逝的联通中。不在这光里,不在这夜里,也不在任何向生命显现的事物中。他者的生命,一如我的生命,不过都是瞬间,是须臾刹那,无法还原世界本身。世界在此处,围绕四周而实在,它是轻易便会分解、不可捉摸的坚实,是不可感、不可爱亦不可明的物质,是完满、长远的物质,它的证明既不外在,亦不内含,而是它自身。

我们无法从这个体系中脱离。我们不可拒斥,我们不可离开。这无尽本就生于有尽,这永恒只可孕育于时间之中。纵然推翻此刻回溯万里,找到的也不过是曾在之物,绝无其他,只是曾在。创造的深渊里无论结出怎样的果,都不曾有因。也不可有因。随偶然无限微分之运动而出现的事物不跟随任何轨迹。命运是事后回溯的幻觉。突如其来的只是对某个当下的观测,而我们无法赋予它始末。唯有这般,无他:出于寂静,又归于寂静。亦有这般:常为寂静。

曾经我未生,世界一度荒芜;将来我死去,世界亦将荒芜;而现在我活着,世界便荒芜着。深渊炫目,创造像火花般湮灭其中,潮水无涯,淹没种种起伏,覆行动于千万又千万的行动之下,平原广阔,其中无一物可以被攫取,也无一物能够被拯救。我不在此处。我不在任何时间、任何地点。笔挺的树木呼吸,披上枝叶,及秋至,又叶落枝枯。野兽发情、交配。太阳升空、落下。炙热让贫瘠的大地龟裂，雨水使种子腐烂衰败。晶石结成，森林石化。孩子被生下，灾难接连行过，好像盆地表面风的皱褶。肺部盈满空气，血液涌过四肢，神经震动，肠胃消化、吸收、排泄。群山栉风沐雪后磨损，岩浆在火山深处沸腾。事件在此处、彼处自生，而后自息。而我，我没有出生。我不曾参与。我没有一席之地，我甚至还未被创造。

我正来自这没有脸孔的时间与地点。在这混沌里，在这平静完满的混沌中，我已浸润了无数个世纪。比一切更实在的空无将我滋养。这空无便成了我的血肉。这空无把我创造。成一事复成一事，解一物复解一物，它让我的躯体与精神如此出现。这般自组，复又自散，无声无息，却猛烈若狂，它将所有初生的颗粒推至身前，纳入其中。这物质不断扩大它的织物，膨胀、展开，不停织就自身。而这扩张的运动是纯粹的，因为除却如此设计之外不存在其他可能。从前之所在，之所不存，并不属于虚无；因为唯有空无持有存在的尺度，唯有空无持有肯定与否定。它便是最强、最不可臆想的神秘。突然存在的，自我形成的，都无法填满空无；在它的绵延与空间之外，无一物可能，就连虚无亦不可能。

此光常在；此能常在；恒常如斯，自极目可见之处，此动、此静、此等生成常在。总有这无尽显现的坚实,这全然的在场。源头何为?终末何为?存在之所无边无隙,而行动的水流,形状如环,从不停止发生也从不开始结束。它真实地流淌,沿着规律而纷繁的同一股流水,它前进而不征服,降而不降,升而不升。此乃纷繁事物的轨迹,无法以独一的方式解答,此乃种种事件必然、不一、不可捉摸的水流,这些事件无故而次第接续,不证而自相堆积,无规而自然形成,且从来不发一言。无我而现者便出现了。不以我而成的石头,无需我的空气,无需我的闪电,无需我的两栖动物;无太阳、无大地而存在者,无光而存在者,这些都不在非物质的领域。这一切在场,无可描摹地在场。每一物身上自有它的无穷。而这无穷确有实体,它不是概念。它是物质的具体空间,无可脱离。让所有其他无限得以表达的唯一无限便存在于物质实在的围栏中:凡所存在,便无限存在。没有无是。没有或是。未能被创造的世界,从未出现、从未诞生,也无法死亡的世界可怖而奢华的图景。冷的空,行星穿行的紫色空无,原子与电子运动的空无,无限热、无限冰凉的空;无限在的空:好像一个卧着的巨人不可察觉的呼吸,让宇宙活了起来。没有国界的国度,无法离开的国度,无论从上,从下,从过去,从未来。不自知也无人瞩目的故土。独一、独一的国度。

不为何人而呈现的现实,不为反驳任何缺席而在场的现实,我看不见却出于其中的景象。距我几米之外,我便不存在。这些墙后,别处的城里,我便还未出生。诞生之前的沉寂从四面环来逼迫着我。我如何能不存在?我如何就在此处,而非彼处?但宇宙是不败的;有我无我,它始终精细,它一物不缺。

曾经我属于寂静。我与所有缄默不言的事物混为一体,我被其他的名字与躯体遮蔽。我置身不可能之中,而别有千万种事物皆为可能。我的所言、所语不含价值。我的所思、所想并不流通。我说我父亲和母亲的语言,用孕育、创造我之人的词语。我在此,几近无处不在,在无数男人、无数女人的躯体中。而别处,或更远地方,则是拒绝被理解事物的疆土。溯时而回,所有无用的叫喊与话语平缓地消失,厚重的寂静之幕重又落下。某一刻这些词语到来了,可它们毫无缘由,转瞬即逝。无一例外,必须回归晦暗、稠密的完满,回归历史①冻结的海洋。我不曾出生,无人诞生的过往,唯有不可辨别的漫漫长夜:所有被表达出的符号,统统一起,不被察觉地划出无意义的完满图画。其中无一物可选,无一物可夺来曝露于光明之中。所有这

---

① 原文为 Histoire,首字母大写。

些碎屑,聚在一起,以其整体、以其节奏、以其细节表达意义。这个一而多的世界,盲目却身具千眼,麻木却身披千皮,愚钝却头含千脑,不可相容却有千万器官、千万反应、千万层级,正是这世界展现出它坚不可摧的真实。但它不只是一种真实;因为那是言语之外,种种现象不可能的同一性。这支烟便是这支烟。这滴满是细菌与灰尘的水便是这滴水。这棵梧桐便是这棵梧桐。这片星空便是这片星空。如此便只有一个确信:所在之物的完美与不可异化。无论变化,还是保持自身,每一物都是忠实的。

但这宇宙却不属于过去。这现实是我未出生时就已流通的现实。这寂静并不遥远。这空无并不陌生。这大地依然延续着,尽管在其中我曾不可能。我用手触碰的便是它,而正是这骤然凭空出现的物质构成了我的实体与精神。在我四周,四处,在光的脆弱剧目里,在我人的宇宙的微小剧目里,我想见了曾经无我的世界-巨兽那骇人的重量。我自主性之敌的贪婪深渊正从四面八方展开威胁;冷的物质、平滑冷静的物质、一言不发的物质陈列四周,将我窥伺。我出生前的世界,无求于我的世界,不需要我的世界,没有深度的深渊,将一切吞入它可怖表面的深谷,既不粉碎、也不消灭的空无,却又紧贴大地的空无!不可穿透的世界,肠脏,唯一不为其他、只满足自身的器官。我在这片深蓝的大海之上,像一座小岛,即将倾覆。

我之外的世界,我绝不可颠覆的世界,好像一个无尽的集市:深夜里,水泥宫殿的穹顶之下,霓虹的冷光互不相关。每一寸土里都藏着一张张开的口,混沌的呼号从中涌出,回响、反弹、互相影响。扩音器的叫声,混杂的气味,无数的运动在此,在场,且再无意义。音乐的残响萦绕自己旋转,疯癫与孤独的词不得停息。或升,或降。小舟颠簸。推车在无尽的轨道上滑动。火光噼啪,爆炸起伏不歇,苍白、血腥的微光在巨大镜子成千上万的侧面上明灭反复。做观众已不可能。在这一切混而不分,一切滑动,一切交融的黑、白里,选择不再可能,分辨不再可能。必须流向居住的领地,任由自己被不思、不言的怪物吞噬。必须离开自己的皮囊、灵魂与语言,重新变回尚未出生的存在。

在喧嚣里,在发生的一切不可名状的杂陈里,放弃抵抗的时刻到了。此处,不复一物可明;不复一物可憎。火球交错纠缠,星云舒展,光的群落仿佛从某个不明的点飞速逃离。此处,不复一物可憎。不复一物可被命名。有用、无用的闪电划过的夜空正在进行它的游戏。这些力量相互碰撞,这些承载了千百万世纪的时间坡面缓缓倾斜。这些闪电直直跳入空间的深底,劈开希望与绝望的界限,它们于是便已身处未知之中。不复一物可以支吾念诵。

必须消失了。

这个诅咒不可破除。它比生命更有力量。在每个有生的碎片之后，都有无数无法遗忘的荒废与遗弃之物。它在这里，就像一个梦的回忆，但让它诞生的夜却还没有结束。大地四周，空间之中，漆黑天空无底的井里，这份强力将它之下的一切麻痹摧毁。极度扩张的空无的重量让苍穹屈服。好像无数无形又沉重的云，好像一场暴雨，将一切浸在灼人的热与黏稠温暾的潮湿里，我缺席、人缺席、动物与植物缺席的世界的这个诅咒。这场噩梦在我们身后；它躲藏起来，它深埋在我们所见之物深处。这骇人的混沌从未终止它的统治。它在此，近在咫尺。在玻璃碎片里，在镜中，在不透明的熔铁里，在水泥与大理石块之中，它在此，永无止境地在此。这便是我们晦暗起源的重负，是空与夜的暴君，蛰伏在生活琐碎的闪光中，展示着它的阴影……如此全然的冷漠，如此无限的沉静无法消失。这份平和支撑在大地上，让它变了形。这份平和充盈我们的躯体和精神，这份平和在我们的血管里流淌，在我们的肌肉里移动，随空气进入我们的肺部，随水源进入我们的喉咙。这绝对的黑暗随光的颤动而滑行。如此，每种色彩都被否决了，每次运动自身都带上凝结的静止。切实、可享的一切，也都带上了厌恶与失败的光晕。在日光里，在正午炫目的光芒里,当太阳显得无比坚定、无比鲜活,未曾出生者的假面便显现出来,就像透过水雾颤动的风景。但那并不是面具。那是世界真实的面容,没有细节也没有目光的面容。凡不自生之物,凡未呈现之物,但又凡是光滑、赤裸、一丝不挂的事物,无喜无悲的事物,永恒地覆满了世界。它永不终止地被创造,永不终止地存于自身,漫无目的地漂流,不可察觉地揭示自身秘密的形状。这个谜不是幻想。这个谜是显然的,完全显而易见。它也有它的物质。

我不曾离开它的王国。仿佛在我心深处,存着一个好像还未见天日的灵魂。通过未曾说的词,通过我未曾做的动作,通过所有于我而言陌生的、不可能的事物,我依然躺在无形大海的深处。同我熟悉的物品一起,我在尚未出现者之中栖居。在我体内有这个人,他不曾离开诞生之前的混沌的天堂,或地狱。我周围的世界也是由这空无建成的。这儿有未建造的城市,不可见的风景。有朝一日它会突然出现,我心里明白。但此时此刻它不过是一个黑色的幻影,一个尚未成形却在酝酿的幻影。空无即将被填满。缺席,可鄙的缺席,因其所宣告的,已经成为在场。漆黑物品林立的暗室,晦暗的墙,不可见光的闪光,暗淡的颜色,即将发生的运动;存在的力量尚未爆发的暗室,过去的未来的暗室。没有发生的世界在这里酝酿,而已发生的则被尚未创造之物悄然改变。悬置的沉默,空闲,藏在物质中心的物质,我不曾离你们而去。我心深处,好像一道盲目的、他者的目光,有一条陌生的、温柔的纽带将我与古老的空无相连。在我体内,在我鲜活肉体的现实里,存着创造的信号,那是无尽延续的创造,根植于混乱而迸发出明与光。

烈日在白色的天空正中燃烧,发狂的太阳在这水银层上深挖自己的洞穴,而大地是刺目的。建筑外墙、砖瓦或铁皮屋顶、沥青马路纷纷反射出猛烈的光。凡有生者,凡可动者,皆为这不断逼迫而来的光体所冲击,它环绕事物四周,敲打、跃动、波动起伏。这恒一的光如此强烈汹涌,天空中心喷涌出不尽的白芒,一切仿佛不复存在。全然支配的木然,可怖而必然的木然,冲向大地又将其吞噬的绝对的狂热。这光是纯粹的。它进入了每一个物体,让它们内部充满的一切无可置疑的是它们自身。在热与光的重量下,世界痉挛扭曲,世界似乎不再运动、不再呼喊、不再哀鸣。这种生命比生命强上千倍;这种生命与虚无同本同源,当它彰显,它因不可能而紧绷。借由穹顶闪耀的星体,这种生命重与空无相连。进入弯曲的、焚毁的树丛内部之物,进入积满灰尘的树叶内部,进入碎石,进入花朵,进入熊蜂与蝶螈身体内部之物,正是无法从中剥离之物:那是生命存在前的未知世界里无限而逼近极限的能量。在这场镜光明灭的雨中，大地也全然委身于这燃烧却不自我损耗的火球之下。于是大地也燃起同样无焰的火；大地点燃它的躯体，而那不灭的火便是它存在世上的形。因为一切都包含在这个不断完成的动作之中；曾经无名者从此得以被命名，曾经无生无形者从此得以在时空中显形。创造之举永不休止。它这般进行，一次又一次，完成于不断激化的坚硬物质中。循环、四季、世纪抑或时代，从此无关紧要；唯有这中心之火摇曳燃烧，这一个母细胞分裂不止，扩散不止，这一个无尽温热的子宫不停在世界中劳作。

而一切都是这个分娩过程的组成部分。孵化的运动永不完结，永无终止。所在者之所以存在，是因为在它内心，在它的行动中心，存着孕育之梦这般非凡的潜能。所有存在的事物尚在沉睡，被梦想着它的空无捕获，空无是狭窄、广阔又奇特的栖居地，在这里，还没有人完全地存在。

催眠的太阳之下世界的诞生；深渊之中的诞生，缓缓分开黑暗之壁的精妙运动。诞生在我眼下无休止地完成；城镇延展伸向海边，多彩色块如同浅小的伤口波动明灭。群山高耸、漂浮、轻巧而透明。海浪原地熙攘起伏，层云悬空，百草僵直。严酷的目光下，大地坚硬又锋利。它不休憩,它从不休憩。每一秒,它都在扩张,膨胀,形成。景物静止不动,凝固着燃烧,但景物又在运动,波动起伏。河川流淌,烟雾流淌,黑色的道路流淌,麦田流淌。阴影扩张又收缩。香气渐进,如行进中的虫群。声音下沉,低而厚重,或如高塔,直升入云霄。万象皆是光芒,竖立而起,刺射而出,化作千百万长发、飞箭、流光、急穿而成的孔洞。于是万物自觉转向过去,转向远离创造的地方。爆炸不应到达。被抛在自己陌生道路上的颗粒,不停沿曾在之物的轨迹划出散射光线。独一何在?原初始发的时刻何在?它隐于彼物,隐于我身,而又不可言明。然则,每一个分离的实体上,总有那冷、静的火,驱它充满空间,让物质分裂四散。我身之中,为防我忘记,为使我永恒记起,总有那太阳的碎片。它便是我的逃离之举,是我的解放自由。我所是者,唯有与它同在才得如是。我远离。我运动。我是物质的残余,它的物质的残余。它绝对的火燃于我身,缄默而炽烈。因我运动,因它牵引着我,这并不陌生的碎片便给予了我光明;无息无止,它让我从未知走向已知,从空无走向完满,从不可能走向可能。在我之外,同样的转变完美地发生。节奏、时间与尺度在这闪耀的光芒面前笨拙无措。关键切要的,不再是具体的时刻,那个我们希望停住的时刻,而是无尽的诞生。大地之阳,石与木之阳;百兽之阳,人之阳;群星之阳;还有太阳之阳,众日之阳;一切都在创造之中,但从不造成。万事万物都系于另一种动力,它隐蔽于自身当中。好像一道命令,从未发出,来自无处,说与无人,只因它从未真正被表达。一切都在生成,不停革新它的降临。每一片碎屑都让位于另一片,每一滴液体都在分离、形变,又完全相同。前有此法,后亦有此法。此为混沌,不平不静,此为寂静,不可无声。此为不休之战,是分娩的分娩。此等物质激荡于火的力量,激荡于这份残暴而猛烈的力量——这力量唯一的目标便在这行动与行动的失败中,这物质只可不断尝试生成自身。大地因这道持续徒劳爆发的光芒而瘫痪。最长的世纪与最短的一秒不再无序翻动。凡此种种皆属幻想之列,无关紧要。我心的跳动,梦想,欢愉,我精神的图景,日,月,年岁,都在这耀眼的现实之墙面前戛然而止。生命,年代,人类文明,物品与牲畜,百变之景皆是这火焰的燃料。大地、苍白的天空、空无与星辰、无数的太阳、邈远至极好似从不存在的群星,还有无极那端或不存在的存在;万物自成一体。同燃于唯一一团庞大的火焰,就好像黑夜之中一根火柴迸发出的无色的火光。

而后,当日光消失,被饮尽,被吞噬,当丝线般的、麻绳般的光芒逝去,事物也不再温柔、不再美、不再奇异非常,只是回归遗忘与晦暗；当大地之上，夜幕升起，统治四野：清澈而冷漠的真容方才显现。树木不再阴森可怖；色彩停止碰撞，山峦起伏骤然没入厚雪之中，于是一切重归协和与平静。运动息止。远近消无。时间也停止流动，不复从前，它如此休憩，极漫长又极迅速。气味浑然不分，万籁渐希；无论冲撞、灼烧，还是锐利刀锋的刺痛，曾经这一切现在也逐渐消沉、沉积、衰颓。个体，被诅咒的、贪婪的个体，渴望诞生、抗拒死亡的个体，也缓缓屈服。昏沉之感袭来，他身上的一切都向世界遁去，漂浮、混乱、失去踪迹。种种思绪不复知其所之。目光在他身前掘开无底的深渊。溃败何来？是什么陌生之物存于我身，在我之外，不可见，却始终用它可怖而下流的眼睛，注视着我？

此刻黑色的天空，横跨两极，笼罩大地。它广袤无际，不含必然，丝毫没有我可以称为我命运的存在。空无，全然不可解的空无，用它冰冷的空洞统领大地。这空极深，极广，反倒好像一幅画壁，失掉所有起伏。光影流动其上，交缠混合。冷热交替，穿梭其中，却不会使之改变。它是永恒旅行之所，这旅途既未开始又永不结束。它是昭然而肃穆的陈列地。在此，在左，抑或在右，空无始终在场；不可逾越。其中诸般事物，微小的火球、碎石、缓慢爆炸的星辰，并不拥有它；而它也不是它们的所有者。它的存在由千百万空洞生命、千百万空洞行动组成，是不可简化而实在的。在这墨色的玻璃窗上，群星静止而精确，从不闪烁。它们统统无关紧要；唯一确定的，唯一真切的，唯有这无色无形的庞然巨物，这不流动的水，这不扩散的气，这晦暗半明的钢，重重压下，却永不与人相撞。声音不再可闻。再无一物会在舌尖融化，会在体内燃烧殆尽。再无一物会像曾经映射在视网膜上的图画那般，粗暴快乐又低劣。物体便应如此退散开去，永无止境，接二连三，无论坚硬、柔软、脆弱或是雾气弥散。山石崩开，汪洋碎裂，烈火与岩浆汽化蒸腾；大理石缓缓坍塌，水泥分解，飘浮如云；蓬勃的空气，在热流涌动中消散，与空间融为一体。所有实体都在逸散、放出毒气，且无边无际。万千世界不可胜数；它们旋转于这冷漠广袤的空间，彼此远离，复又交汇。这些微光不知停歇地传递着无法传达的消息。种种行动跃起不止，目光与思想跃动不休……漆黑寂静的荒漠里，所有生命无序地引发各自的微型爆炸；将自己不过毫厘的行动投向四方。种种时间混沌不分，细菌与昆虫的时间，人的时间，橄榄的时间，石灰石、硅、锰的时间；氮、二氧化碳、氢的时间。微型的天地，巨型的时间，无尽的场所，无名的行动，一切皆在于此，在其不可名状的矿脉里，显现自身。万物内部渗入了这更广大、更密实的空无，这斜倾而下、合围四周的空无。在这坚不可摧的寂静里,万物喧嚣而猛烈,在此黑暗之中,万物尖锐发出高叫。于此,每一物都自愿走上自己的旅途,然而,这里却并不是通向他处的走道;这整体的缺席并不注定为其他在场而消亡。此地便是唯一;万物皆被包含其中。这一神圣的黑色深渊便是唯一的现实。无人可遗忘,无人可否认。无论如何,人都必然从中浮现,生活其中,复又回归此处。永不离开。

这真实的无极裹挟了我;它将我的物质汇入它的物质里,其他物质也同样。它卷入大地与空气,那些冰冷的行星、太阳、恒星、星云。现在它依然承载着它们,它将长久、不息地把它们载于自己无边的冷漠里。

我没有出生。我身上的一切,我四周的一切,依然沉浸在永无终点的夜的休眠中。在我生命内部的这场沉眠不会结束。其中的能量已经枯竭,尽管他处的还在翻腾。其中的词语依然沉睡,结构体系也如梦般分崩离析。爱、恨、欲望,皆是还未流血便已闭合的黑色伤口。寒冷、衰老、对死亡的恐惧曾经存于此处,在这晦暗的幕布里,在千百万星辰中。它们存在已久,因为它们不过是无所不在、不可逃脱的物质之流的涨落。在此未知之中,总有已知,此夜有光,此静有声。它从来如同一座岛屿,只是无人知晓海在何处、岸在何方。从前未成的、有生的、湮灭的事物已经无可救药地混合一体，不可辨别。然而，赤裸的物，种种粘连或不停盘旋于空间的形状坚实而在场，这却是可知的；甚至，这便是我们不得不知晓的事。必须向着空无张开整个躯体，必须面对这白日无法废除的夜的常景洞开，以便感受世界的每个碎片各在其位，不再期望其他，只接受世界简单呈现出的显然的事物。须有这充实而轻盈的夜，这并不炫目的深渊，让我们承认自己不过是一片无关紧要的碎屑。须有这种寒冷、这种无限、这份不可简化的丰富，让我们接受自己不过是热量，微粒，个别。须有这唯一的、与生俱来的念头，意识到旅途永无终结，让我们明白自己不过是刹那的颤动。不仅如此，还须有这份源自无垠的未知泥沼的快乐，这份绝对在场的快乐，来忍受这一声回荡体内的心跳，致命的第一声心跳，投向生命，也投向死亡。在这间红白相间的屠宰室里，锤子闷声击打着利钉，飞速刺入牛的后颈。使我诞生于世的，亦使我死亡。

无
限
居
中

L'INFINIMENT MOYEN

无他,对我而言无他,唯有语言。它是唯一的问题,抑或,唯一的现实。一切皆在其中,万物协调共存。我活在我的语言里,是它将我构建。词是实现的行为,而非工具。归根结底,我并不真的关心交流这件事。用送给我的陌生碎片与他人交易,非我所愿。这种沟通本就是虚假的;它纯属幻觉,却又深深契入我的生活。我能与他人说些什么?有何可说?又何必要说?不过一场骗局而已。然而,无法否认,我运用。我使用。我从某个散乱、多样、机械的领域里汲取。我经历社会的事业。我拥有话语。可一旦词成为我的所有物,成为附属,成为怀疑与争论的对象,成为词典讲述的对象,我便已深入我真实的躯体。一如所有幻象,言语营造的幻境也超越了自身;它成为我逃离的本性,推动我的上升,又或我的苦行。

当然,我从未忘记固定不变的基本法则,是它们赋予词汇交换价值;所以表面看来我依然与外界保持联系,依然参与其中。但这种句法、这种逻辑自身也有遗漏;若我注定无法纯粹,若我注定无法说出纯粹的、完美印刻着我独一无二经历的语言,至少,我超然纯粹之外。语言中连接着您,被轻视,又让您获得自主的快乐的部分却有着出人意料的非道德主义特征。我语句中属于个人的部分无所谓道德,于整体又是完全合乎道德的。无论如何,这一切无可置疑:这便是我的社会条件,一目了然,即使有心,也无可反抗。这便是我:曾经如此,亦将如此;无论是为了保持客观,还是我们称之为清醒的伪善本能促使您从不同角度看待同一件事,逃离的尝试注定徒劳无功。人不能欺骗*自我*,人不能逃离自身。一如时间,一如空间,这是显而易见、不言自明的。自由不是语言的目的。我是否可以自由地做我自己?

我并不孤单。千百次,我知道自己并非独自一人。物理上、精神上、心理上,我之所以存在,只因在我周遭存在或存在过千百万生命,更别提即将存在的千百万生灵。这绝不仅是想法:它是现实的一隅,简简单单现实的一隅。他们给了我一切,绝对的一切:我的姓名、地址、鼻子、皮肤、发色、我的生命和我最隐秘的思绪、我的梦想,甚至是我死亡的地点时间。自我出生那一刻起,他人便为我奉上了宿命。正是他们——"他们"一词绝非虚指,绝不是社会学意义上为了掩盖虚无或偶然而任意制造的,是他们造就了我;他们具体、可触、可闻、在场,或以缺席的方式在场,他们存于我身;他们是面孔、话语、行为、文字;我知晓他们,却不认识他们,毕竟谁会认识芸芸众生呢?至多,我能确定其中有我三四至交,泛泛相识二十余人。至于其他,或许我从未与他们碰面,穷极一生也无法将之一一列举,但我确信——这也是显然的——他们存在。

事情就是这般。他们创造了我。我的一切都要归于他们。

他人塑造着我,同样,我也塑造。我是父亲,是兄弟,是朋友,是创造者,是毁灭者。一个杀手,谁知道呢?这无关我的责任或道义:它是我的力量,是我生存的第一法则。诞生,即是被投入某个逼仄的宇宙,其中种种影响不可胜数,其中发生的每个细节、度过的每一秒都是重要的,都会留下它的痕迹。故而诞生也意味着苦难。我们可以颂扬这种苦难;我们可以咒骂这种苦难;奋起斗争时,所有武器都是好的。但我们必须心怀炽烈与热情,感受每一种人生的悲剧所在。我的意思是,每一寸血肉、每一个举动、每一种感觉与话语可能潜藏的悲剧。真正的、唯一的悲剧,内里携带着宿命的论调,指引着它,使它不可抗拒。活着的宿命,在大地之上,脱胎于虚无,被扔进生存粗暴而狂热的混沌之中的宿命。

活着,即是深入五脏六腑最脆弱处的悲剧,猎物猎手都是如此。没有一出悲剧只发生在思想层面,它总是付诸行动的。真正深切的、绝望的悲剧,时刻在我们身上发生,它是我们的境况,我们的天性,并将永恒为我们所延续,与我们同在。

境况命中注定,为你塑成肉身,刻上皱纹,让你成为自己。何必去他处寻找?我们每个人身上亦有必然的宿命,这难道不是显而易见的道理?难道一切还不够明晰?在我们周围,人群里、自然中、人之间、动物之间,也有千百万创世的神明,而我们便是依他们样貌所造的、可感可知的镜像。

有时,当我看见一张成熟女性的面容,一张精致、沉思的脸,头发稍显花白,皱纹排布得当,仿佛照着某个不知名的古老雕塑刻画而成,我会自问,是什么让她成了她?是什么让这张面孔波澜不惊,是什么将它保持?是怎样无形的意愿,是何种用铁丝折成的轮廓,让所有特质以这种方式组合在一起,是什么阻止时光之水流淌?这一切究竟如何成为可能?

当然,这个结果并不源于她的意愿,这个女人本身是微不足道的。愿望不是她的,而是我的,是他人的。或许她宁愿化作齑粉,变作无数缥缈飞舞的碎片,消逝蒸发于空中。本就有千百种可能;种种可能都属于她。如此,又为何?为何她不违背?为何她从未有哪怕一刻停止做她自己?

可她无法离开自身,对此她心知肚明。即使走向死亡之际,哪怕从窗边跃下,也总会有一只手,为了让她落入地狱,将她推动。这便是走向终结,走向他人无意间选择的结局的悲剧。所以我们总是太迟,来得太迟,来不及避开受难的十字;它等待你我;我们明白,却无可奈何。不,依然有可为者。我们可以走得更远:我们可以爱上苦难。疯狂的傲慢,为自身痛苦而受难者的胜利。败者的胜利。

崇高?

美?

接纳。

牺牲。克己。

但并不真的为了他人。为自己。先是自我,后及他人。

应该摧毁这一切吗?是否应该抛弃自诞生之日起数世纪堆积而成的肥料,抛弃下意识的癖好、言语、习惯、姿态、信仰或思想？是否应该深挖自我，直至最深处，消解、呕出自己的过往？这又是否可能？即便可能，我们又能在已知外发现什么？事实如此，这个残酷的真相应当一次说个清楚，我们不过是蝼蚁尘埃。我们什么都不是，也无一物为我们所有。我们只是过客。是转瞬即逝的形象，是一道道烟幕，上面投射着真实生活的光影。真的生活总在我们之后，埋在过去与未知里，而我们的存在总是姗姗来迟。而后，当死期将至，又轮到我们去照亮未来种种构造的轮廓，它们由阴影组成，无法彰显自身。或许这就是所谓的人文关怀。过往留下渴望，扎下坚实的根基，依然存于现实之中。当然，浸没于无形的、明暗参半的苍穹之中的物体无光而自在，可这光明给了它力量。要有光①。若是没有光明，生命是否仍然可能？

最深的迷醉，最不可言的欢愉，莫过于在场。我活着。不是我存在，毕竟外像何足挂齿！活着：无边无尽的充实，分裂而倍增，不可感、不可知、不可量；宽广、高阔、深厚，波动着，兼具痛苦与温柔的可察和声，超越一切享乐的歌，不被聆听的歌，被歌唱的歌。我们无法接近这种真实。我们

---

① 原文为拉丁语 Fiat Lux。

无法将它表达,因为它无法被笼统呈现。这生命是极其密实、极其丰富的,甚至好像成了"他物";这生命在我体内。精准片刻里运动不息的生命。作为行动的生命。不可描述亦不可想象的生命。

我不惜笔墨渴望书写的莫过于这个谜。因为它藏着语言的钥匙,甚至可能藏着原初之理。每个词都应像钉子,让我能更长久地固定这幅画布。不过钉子必须经过选择,不能太脆弱,也不能太尖锐。词,词典里的词。而非句子,也不是现成的表达。唯词而已。

充实。

充满。

膨胀。

充足的光。

明黄。

刺目。

黑与白。

坚硬。

矿藏。

岩石。

投掷。

中心脆弱。

掩饰。

窒息。

紧紧系住。

在混凝土房间。

碉堡。

缓期。

疲劳。

芒刺。

芒刺包裹的核心。

坚不可摧。

坚硬。

红色的冰。

中心可溶解。

奎宁药片。

开花弹。

尚未涉及图像(或只是堪堪涉及)。一切不曾变动。在这白色幕布上,依然有词落下,既丰富又贫瘠,丰富,因为它们拥有全部的过往与未来,贫瘠,因为它们从词典中被摘出,不过是一粒粒无关紧要、干瘪发黑的排泄物。我爱的便是这样的词:剥去所有幻想的外皮,只留下它们在词汇系统里与其他词相比而具有的含义。

灵活：柔韧，可弯曲。反义词：僵硬。

在这种纯粹状态里，字词就像是原始微生物或原生生物。名词，细胞核。形容词，名词的延伸，一如收缩自如的细胞膜。动词，鞭毛。结构词，无机物，运输养分的中介。我想说的正是这种基础的、本质的言语。唯有无限逼近死亡，词汇方能迸发出蓬勃生机。它们是伊始。正是此刻才会生出真正活着的感觉。

    当我们谈论一个人，说他有教养，我们常称他为"有文化的"。为何如此呢？所谓"文化"到底指什么？通常，大多数情况下，它是指这个人识得希腊文拉丁文，能将一些诗句倒背如流，还说得出荷兰画家和德国音乐家的名字。文化的作用便是在遍地鸡毛的世界里让人发光发亮。如此理解的文化不过是无知的另一面。在这个领域博闻强识，在那个领域一无所知。文化是相对的，永无止境；它永远不可能尽善尽美。既然如此，向我们标榜这样的典范又有何意义呢？

    另一种常见的情况是，文化的含义被限定在艺术领域之中。为什么文化就该存于此处呢？关于生活的一切都

是重要的。与其说一个人很有文化,我宁愿别人告诉我:他是一个人。而我要问:

他爱过几个女人?他喜欢红发还是棕发的女人?他午饭吃什么?他生过什么病?得过流感、哮喘,生过疖子,便秘吗?他的头发什么颜色?皮肤什么颜色?走路姿势如何?泡澡,还是冲凉?读什么报纸?入睡困难吗?做不做梦?喜不喜欢酸奶?他的母亲是谁?他住在哪栋房子、哪个街区、哪个房间?他喜欢长条枕头还是方枕,都喜欢,或都不喜欢?抽烟吗?说话有什么习惯?有什么癖好?被骂了如何回应?喜欢阳光吗?大海呢?自言自语吗?有什么弱点,什么愿望,什么政治倾向?他喜欢旅行吗?如果推销的小贩突然出现在他家门口,他会怎么做?在咖啡馆、餐厅里,他会点什么?喜不喜欢电影?什么穿衣风格?给孩子取什么名字?多高?多重?血压多少?什么血型?什么发型?每天早上花多长时间洗澡?喜欢照镜子吗?字迹如何?他的邻居、朋友是谁?这一切远比所谓的"文化"重要许多;日常的事物、举动,他人的面孔对我们的影响远比阅读或博物馆更为深刻。莎士比亚,我们是会读的,不过一生只那一次。而莫里斯圆柱上的广告,我们却每天都能在街角看到!

文化不算什么;人本身才是一切。自相矛盾的真实的人,变化多端的真实的人。有些人读过希腊神话,了解植物学或葡萄牙诗歌,便自觉境界非凡,不过自欺欺人而已。他们不明白文化的旷野无边无际,也就不知道自己身上真正伟大的东西:生活本身。

他们在对话时抛出的佶屈聱牙的名字让我厌烦。难道他们真的以为,引用几句话,摆弄几句前苏格拉底哲人的名言,便能让我刮目相看?他们所谓的博学不过是精心掩饰的贫瘠罢了。事实另有尺度。一个人如何理解苦难、软弱和平庸,这才是真正的文化所在。读过什么、学过什么,并不重要。艺术,布尔乔亚可敬的实体,有修养、文明人的标志,普适的人的标志,"体面人"的标志:谎言、世故、摇摆不定、浮于表面。活着是件严肃的事。对此我谨记心间。我不想伪装,也不想欺骗。走上这条旅途的人,不应做个"游客",脚步匆匆,只为尽快记下要点,记下可悲的要点,以便不费吹灰之力卖弄炫耀,大谈"日本"或是"海明威作品中的斗牛神话"。比起这些,生活的细节更令人沉醉。

诚然,不应忽视人类的精神果实。阅读莎士比亚,了解沟口①的作品都是重要的。但是读莎士比亚、看沟口健

---

① 指日本导演沟口健二(1898—1956),代表作有《浪华悲歌》《祇园姐妹》《西鹤一代女》《雨月物语》等。

二的人应该全心全意去做这件事,而不是追逐风尚、附庸风雅。他应该明白,自己虽然读了莎士比亚,却没有读过巴尔扎克、乔伊斯或福克纳。——他虽然看过沟口健二,却还没看过爱森斯坦、顿斯阔依、雷诺阿或威尔斯①。他必须知道自己是牺牲了其他千百种可能而选择了这部作品;他应心怀谦恭,明白自己一生所能知晓的不过是人类灵魂中微不足道的渺小一粟,且达到的程度不过泛泛而已。

文化不是目的。文化与其他诸多事物一样,都是食粮,是可以塑造的财富,只有经人使用方能存在。人应该运用文化造就自我,而不是忘记自我。尤其,他绝不应忘记,远比艺术与哲学更为重要的,他所生活的世界本身。具体的、精妙的世界,同样是无尽的,其中度过的每一秒都会带来全新的事物,改变着它,生成着它。在这里,一张桌子的桌角比一个文明的历史更加实在,而街道上发生的一

---

① 此处所举皆为导演名。谢尔盖·爱森斯坦(Sergei M. Eisenstein, 1898—1948),苏联导演、编剧、演员、作家,代表作有《战舰波将金》《十月》《亚历山大·涅夫斯基》《伊凡雷帝》等。马克·顿斯阔依(Mark Donskoï, 1901—1981),苏联电影导演、剧作家,代表作有《钢铁是怎样炼成的》及高尔基自传三部曲改编电影等。让·雷诺阿(Jean Renoir, 1894—1979),法国电影导演,代表作有《游戏规则》《大幻影》《乡间一日》《逃兵》等。奥逊·威尔斯(Orson Welles, 1915—1985),美国演员、导演、编剧、制片人,代表作有《公民凯恩》《历劫佳人》《风的另一边》《陌生人》等。

切,川流往来,熟悉或带有敌意的面孔,接二连三不停上演的微型滑稽剧,这其中捉摸不透的谜,远比艺术所能表达的还要丰富千倍。

有时,没来由的,白天或黑夜的某一刻(不过通常是夜晚),我会感到体内生出一股犹疑,乱我心神。准确来说并非困惑,不,而是一种震颤,包裹着我,侵入躯体,将感官打开。是的,我活着,真切地活着。而我也不可逃离有生的一切。

我的身体注定为疾病所侵扰,会发抖,会遭受攻击。尽管我毫无察觉,千百万细菌与微生物已寄于我身。它们要去摧毁。这便是了:我感受到的是自己挣扎求生的机体。每个细胞都在顽强抵抗,以我所不能想象的激烈投入它微型的战斗中去。

这样活着是何等痛苦。何等可憎,何等衰颓!我的身体,属于我的这具躯体,从属于生活,或是我那游离于生活的精神的主人,它从哪里得来存在的气力与勇气?又是从哪里找来战斗的信念,在微生物的侵扰、劳损与衰弱中幸存?这个谜无法不让人不寒而栗。

人体何其脆弱。它又何其复杂,每一处曲折对整体都不可或缺。所有这一切是如何合为一体,又如何维持不散?这才是我们应该为之骄傲亦为之忧心的事;因为,毫无疑问,如果我们的身体同我们的精神一般懒惰,那么这一分钟我们便将立刻腐化成灰。不过我们的躯体是强壮的;它战斗着。它有不屈不挠的意志,这意志绝不出于理性,而是源自生命之流本身。这意志让它能与死亡斗争七八十年之久而毫无倦色!生命的美与能量不在精神,而在物质。我所知道的唯有此物:我的躯体,我的躯体。我电流的生命,我化学的生命。至于其他,诸如我的思绪,我的欲望,我的意识,凡此种种果真值得我们谈论不休吗?

是的,应该关注自我,心怀钦佩、尊敬、不安。我们所有的伟大与美皆在我们的皮肤、我们的韧带、我们的神经纤维。从何而来,生生不息的世界中让我们立足的洪流?护卫我们的这道高墙又源于何处,什么才是它独特的本性?这些特质的特质何为,这些品德的品德何为,我们五脏六腑中千百万生命的生命何为?

一生之中,十之有九,我们无意识地活着。我们所察觉到的不过是转瞬即逝反射的光影,又或传入耳中杂乱不可辨的回音。而我们就在这回声上建起种种思想、概念、体系!远离我们之外,我们的身体活着,进行着隐秘的战斗,与死亡相抗争,而我们对此一无所知。须有多少毁灭与消亡才能唤醒一根神经,让它通过几乎算不上痛苦的轻微刺激,传达出最为可怖的溃退。然而,任何人类思想,任何教条旨意的重要性,都无法与这种内在的灭亡相比。爱、恨、嫉妒,又算什么?我们的一呼、一吸重要千百倍。我们应该心怀谦卑。我们应该更细致地观察物质本身。丰富、正直、痛苦的物质,悲剧的战场,善恶、生死的永恒力量激荡于此,无常而互生,进行着它们无情的战争。您,您便是关键。您的整个身体,连同它携带着的苦乐、思想、想象、神圣的崇敬,都在为您战斗。我们应该保持谦恭。渺小、可悲,我们应该时刻明白自己如此,而非挣扎着想要忘却自己是谁,每一天,我们都应带着真理绝对的快乐反复诉说:我们微不足道。我们微不足道。我们微不足道。

把这句话当作每日重复的祈祷词:人啊,被束在大地上,困于他的弹丸之地,种种外因与自我将他压垮。人是多么孤独,他无根无源,不应妄下判断。

在寂静里。感受冷。感受暖。

面对岩石。四周高墙环绕。

痛苦。不安。

或也有快乐,沾染上隐约的欢欣。

把这句话当作独处时的祈祷词,不为索取,不为感谢,而是为了保持谦卑。

好让他所写的、所表达的、所唱的只是他的境遇。

同动物一道,血肉之矿的囚犯。

多毛、脆弱、带着体香。

还有等待他的死亡,它塑造了他的生命,为他烙上时间的印记。

在他的圆球之上,渺小,更小于蝼蚁。

围聚在祭祀石碑四周,拥抱着这黑色石头的可悲的人。哭泣着望向苍穹,因为他何其渺小,不值一提。

好让他长久地沉默,只敢行清醒、真实的事。

群聚的、被压垮的、祈祷的人。

崇敬吧。

崇敬吧。

如此一个我,由所有身体病症、腺体分泌物、脊髓灰质发出的微型电流信息、受控制的心跳组成,这个我并不真的是我,我觉得它如此虚弱,不住颤抖,几乎要离我而去。活着是永恒的犹疑。持续摇摆于虚实之间,摇摆于属于我的事物与否定所有从属关系的事物之间。

这份疑惑，非我所望。怀疑我寥寥无几的所有物从不是我的本意。但是空无，冰冷、永恒的空无，却像一阵寒风，充满我身，让我支离破碎。这般境遇里，若还存了一分伟大与希望，那便在于这份怀疑——它是动荡骇人的图景，现出我们眼前某种凝固、挥之不去的空无，某种更为空无的空无，死亡。不知怀疑之人便不知自己活着。

对比产生美？有虚才有实？并非如此，尽管这算是个可能的方向。不，生命与虚无，空无与完满总是动态平衡着，彼此交融，浑然不分。生即是死，死即是生。一如无穷出于有尽，而有尽生出无穷。词语之外，表面的矛盾自会消解自身。这绵延的时段里没有一秒走向虚无，这坚不可摧的世界里没有一个碎片离我们而去。我们也身处其中，与石块无异，而我们的意志则无关紧要。

时间的概念，亦即事实上行动的概念，不过是个框架。然而我们却不可随意从中离开。哲学，这位词汇发明者只有内向的力量。词语消解、改变，可它们只在语言系统内部摧毁消灭。系统之外，一切毫发无损。

行动，必须对不可名说的事物采取行动。必须掀起超乎人外的革命。必须找到支撑，通过各种途径，千方百计，让存在成为支点。

思想是全然客观的。事实催生思想，而非思想将现实世界中可察的部分表达出来。

分析的一个误区便是将形式与内容区分开来。显然,形式与内容不过是同一且唯一的事,完全不可分离。以这样或那样的方式说话,用这样或那样的词,这些模式本就关乎整个存在。言语不是"表达",也不是选择;它是成为自己。

同样,如何穿衣,如何打领带,梳头的快慢,洗澡时有意识多冲洗身体的某个部位,这些行为都在揭示我们内在目光之所向。它们都证明了形式与内容之结合的重要性。这一结合体与我们的整体息息相关,造就了当下的我们,既将我们揭示,又将我们遮蔽。在我们所生活的这一个世界,这个对我们而言分秒必争的世界里,可以毫不夸张地说:所现者,即所是者。

上述种种在写作中表现得尤为明显。风格显然是自然的产物(哪怕它并不真实)。词语、节奏、图像绝非凭空出现。意义不是依赖词汇显现自身的思想;深意与表现意义的形式自彼此找寻的那一刻起便浑然一体,仿佛顺应天意,于是句子进行下去,像一台机器,同时为自身和它所要实现的目标驱动。毫无疑问,人的作品必然与人一样完整;不存在有趣却写坏了的书。

既不完全抽象(它有所指),也不完全具体(它使用概念),语言是形式与内容相结合的最完美案例。分析并不能真正穷尽其本质。因为它所表达的既是主动选择又是被动接受的结果,既是偶然所得又是有意为之,既是自由的,也是受限的。这其中显露出的尤其是人的本质,它矛盾重重,既隐蔽又被置于众目睽睽之下。存在的神秘本质,孕育于这并不同一的一体中,这形神相合的完整本质,思想永不可彻底把握。

如此这般,世界便在形式与内容这两种简单的能量流动中被创建。最终,我们得到这个朴素的结论:我便是我所是。因为在生活的领域,可感的生活的领域,逻辑不讲道理。只有语言是理性的:词语与现实同质。是它让一张椅子在形态与用途上均成为椅子,是它让红色存在,哪怕在一些人眼中它是蓝色,而另一些人看见灰色:这便是可知世界无可消解的统一体,语言。

一个男人为了不再每天早晨剃须而自杀,他的恶心厌烦,我有时也会感到。然而,这便是日复一日的生活,唯有日常能将我锚定于存在。必须完成的琐事,这些节奏是一种训练。它们对我而言是必需的。它们教我服从,因此又将我解放。事实便是如此:我需要奴役,需要生活的规律与节奏。我的自由只在这些框架内起效。既然如此,厌烦何来？或许是我的精神并不真正渴望活着？我的心里难道没有远远响起所有人内心深处都有的诱惑，自杀的诱惑？每一分钟都包含着这奇特的两重性。躯体是生，精神是死。物质是存在，理智是虚无。而思想绝对的秘密或许就在这份从未被遗忘的渴望里，渴望在绝然迷醉中重新与物质融为一体，渴望回归极尽具体乃至抽象的具体中。所谓生命或许正是这种过渡，这种悲剧性的、不稳定的情形，这个结，这个从虚无到虚无的演进线上移动的点。

我又观察到这么一种矛盾：我的自由需要框架与牢笼，然而，这种自由本质上是个半成品。我将时间投入不会有结果的创作；更有甚者，我将这种失败列为道德准则。开始时，我总必须笨拙地列出三点。这是我借以展开思想的坚实框架。但第一点甫一完成，我就意识到第二点我已无话可说，第三点更是如此。怎么可能呢？我明明早就安排周详……只要艺术存在（或艺术家存在），不完美或许便是它最基本的法则之一。

未完成是一种不断开放的思想；它甚至可能是思想正常且行之有效的活动。哪怕辩证逻辑也不免是不完善的。在Ⅰ、Ⅱ、Ⅲ、a)、b)、c)分段之后的"等等"便是不完美。分析是无限向内开放的体系。其核心永不可抵达。

存在综合的思想吗?"演说"风格有时会给人这样的幻觉。语句成形于平衡与呼应的过程中。然而,归根结底,这不过是幻想;"周期"事实上并非一个圆,而是螺旋,这个图形唯一能唤起的便是疯狂。

故而,无论从哪个角度看,我都自觉"尚未完成"。迷恋精确的我,也不断向模糊、含混与不准确的恶魔献祭。我需要这种开放性。我需要逃离。逃离的不是我,而是我骄纵、傲慢的表象。当我脑海中浮现出急徐有序、均衡有度的思想,当我逐渐沉醉,就仿佛我半有意识地张开体内的阀门,给自己放气。这便是我对迷雾的需求。

我为何如此?果真是因为谦卑?又或是我的精神隐约觉察到了临界的危险所在?闭环之中,完美勃发,徒然而绝望地旋转,若是沉醉于此,或许已是癫狂?故而,为了预防这种危险,我打开自我,让空气流过,我让未知与未解的迷雾涌进我的身体。

可若是将这一切当个系统来运行,却又何等懦弱!悖论才是真正的休憩!幽默又是何等的诱惑!先说:人与无限相连,又补充道:可能如此。这是让我回归现实圆滑而不怀好意的修正。是杂耍。戏法。谎言。

怀疑论者肤浅的便利。逡巡于问题之间。这般行事,绝不可能源于谦恭。何等伟大,自囚于亲手所造悲剧之中的人,他们是如此骇人的伟大而孤独。他们自己选定了某个体系,任何一个,好像明知是陷阱,依旧义无反顾自投罗网。信仰是何等谦恭!幻想又是何等的美德!

我,连着我的幽默一道,不值一提,我心里知晓。我不知是否应该信奉,但我等待着。甚至我勉励自我。一旦启示微小的火花降临,我绝不会将它错过!我准备好了,我完全准备好去接受一切。我只等它到来。或许我已拥有了它,只是尚未察觉。我信仰的萌芽,或许会在对现实的凝视中寻得。

忘记伦理,脱离,漂浮,无有归属,不过是幻觉!现在,我明白了:人便是自己,人是伦理的。内心总会有一条自我引导的引导线。存在是一种伦理品德。作为自我,或作为他人身上的自我生活,便是道德地活着。便是遵守原则。像这样,像那样,即是这样,是那样。没人可以丢弃表象,因为那便是本质。像是一体,即是一体,而我们无法不像一体。命数。命数。不可选择。却是可以知晓,可以喜爱的。这般,是的,这般是可行的。这便是理智的摸索与探寻。

在此条件下,保持未尽之态,即是存在。因为我们的某一部分或许注定成谜。哪怕身处我们悲剧的最前端,我们亦不知道下一分钟会发生什么。过去、现在和未来彼此牢牢制约，不停变换。我曾是者，即我正是，我将是者，我已经如是。

我爱好细节。我热爱一切微小之物，对动物与物品我心怀敬意。越是精细的，越得我青睐。关于生活，我们都有模糊的想象；而我的就由这些不起眼的细节组成。比如一间卧室，摆满不值钱的小玩意儿，一张破地毯，一只乱飞的苍蝇，烟灰缸周遭散落着烟灰。一支圆珠笔，白色金属材质，笔身有小圆环花纹，笔夹上写着：

88号
女
王
道①

阳光透过百叶窗折射出三角形的光斑。一包拆散的香烟，一个火柴盒，上面画着《蝉和蚂蚁》②的场景。一把钝了头的小刀。一张加拿大邮票。一张尼斯地图，分成若干等大

---

① 女王道（Queensway），又译女王大道，伦敦地名。
② 《蝉和蚂蚁》（La Cigale et la Fourmi），法国作家拉·封丹（Jean de la Fontaine，1621—1695）寓言故事中最知名的篇目之一。

的方格；我住在地图右下角的F12区。地图上标画出许多街道，蜿蜒攀上山丘的林荫路、笔直的大道、死胡同、私有道路。住宅区被标记成绿色。我也想为身边的一切做张地图，就像这张一样。画些漫画，用连环画讲述我的生活。在白纸上涂鸦，在无比神圣的、旁人用来写回忆录或思想录的白纸上涂画。我听见街上的嘈杂声，它们掠过时我能一一辨认出来。没有一事一物是无关紧要的。我也识得天空的颜色。云的形状。太阳的光。我在窗边的墙上画上参考点，然后看着十字窗格的阴影缓缓伸向2点34分的十字，接着是3点07分。有属于自己的景色是件好事，不妨有些可以观察理解的物件、小记号、斑点、微型事件。它们迫使你保持专注。迫使你在这个充满奇形怪状涂鸦、符号、温和而悲惨事物的世界里谨小慎微，做个真正的点。它们让你在生存的重压下低头，它们让你四肢伏地、学会崇敬。在我的房间里，在街上，在城中，在这一整片土地上，甚至别处，存在诸多小小的神明，而我为他们中的每一个躬身叩拜。

科学是没有边界的。凡有知识的人便在依科学行事；无论他了解的是宇宙的规律，还是他卧室的每个角落。虽然不可否认科学的精神并非对知识的占有，亦非知识的本质，而是认知的过程。

我这个人，心灵朝向形式，理智则倾向多样性。均衡合度、节律有序、完整明确的事物让我感动，让我心向往之。框架与几何赋予我灵感。但我的理性，我清醒的意识，却总想去认识我们所处的生活，认识这无序窜动、凌乱纷杂、不可解的生之丛林。

这或许便是人最大的痛苦，他无法脱离多样性而处于形式中，他无法全然投入混沌而不心系规律体系。

然而，事实上，这两种状态或许并不是对立关系。它们更像一对姊妹，合二为一，形成同一根支柱，这两种态度其实代表着人类精神疆域的极限。无所不知又一无所知，参差而单调，节制而澎湃，人的智力表现为他的存在。而这种存在，无论何种形式、哪副面孔、哪种方式，都与物质相统一。

但这个结论，却不是辩证法的结果。它是一个启示。我的启示，我期待已久。我知道终有一天，它会降临，我并不焦急。但当它来临，当这根立柱在我体内诞生、形成，那将是何等的快乐，不可言喻的快乐，由不可胜数的苦乐聚集而成，拔地而起，坚实而不可撼动，它会将我投向最高处，将我永恒地献给我自己。

风景

我本可生在任何一处。诞生于此不过巧合。但这种巧合却很快变作命中注定。

我需要阳光,大把的阳光。必须有这轮太阳,在它天上的位置,而大地上的万物都在生猛的光芒下闪耀燃烧。我永远无法弄清这其中的意义。也不想弄清。阳光并不照亮什么,它使思想昏沉。它让人发狂。此处,风景的光明不过是种表象。实际上,万物无不被烟雾笼罩,浸没在如水般沉重的热浪里。

我需要一切被赋予我之物。我眷恋这一切。是对故土的渴求吗?占有,无限渴望将这片土地紧握手中,渴望买下几块地、几段小路、几棵树、几块石头:绘制地图的习性,可耻,恼人,却真实。

归根结底,何苦自相矛盾?我扎根于此,要想忘掉这点并不容易。首先,我是这里的组成部分。就像一条街,一条简简单单的街,必须熟识于心才能在其中自在走动。其他种种不过虚妄。没有陌生的国度。只有我的卧室,真真切切属于我,让我自如。一切探险与旅行都在这里开始、结束。

我痴迷一人独处。我有这几平方米的空间，相当逼仄，却又是我不可竭尽的无极深渊。此外：危险。危险。我无需他物。未知的景色与我何干？一切都在这里了。万物都在我的房间。我喜欢那些惯常重复、僵硬不变的事物。我无法允许自己接受花哨，接受诗。我想要的便是我所有的，我喜爱的正是我所要的。当然，这一切也不过是幻象，它们并不是我的选择；但这个牢笼给了我自由。

太阳，是的，我需要太阳。刺目的光、灼人的热。接着我需要城市。嘈杂声、流动与人造物对我都是必要的。休止让我疲惫。我还需要一点点普适的美。比方说，大海，开阔的海湾，突兀的乱石，天空。铅灰的海面，上方是泛着白光的天空，带着四处弥漫的烟雾的重量。火势迅速蔓延开去的干燥山丘。黝黑、焦物、木炭。山峰耸起的锐利角度，仰首而见的群山。被火舌撕咬的松树。橡胶的气味、油脂的气味，海边发臭的洞穴的气味。

尤其是光，白色、干燥的光，伤人的光。汽车车身上的光点，远处山丘上温室的反光。大河干燥的河床，脏兮兮的卵石层叠、蜿蜒起伏，上面流过一道暗淡的瘦溪。还有热气，病态的热侵蚀一切，浸湿一切，毁灭一切。我爱荒芜龟裂的土地，土壤坚硬，缝隙边杂草枯黄。我爱看蜥蜴与蝾螈。正午至两点时分，致命的疲乏弥漫，天空泛着无情的白光。远方传来嘈杂声，每次两下，是发动机的轰鸣与铁条的敲击声。万事万物愕然不动。卧室的墙上出现一种古怪的赭石色，泥土的颜色，这颜色让我欢喜。

将近晚上六点、六点半，太阳将将开始落下，我周遭的一切，连同我一道，欣喜若狂。没有其他词可以形容这种感觉：欣喜若狂。

于是我走上街头，面朝西方，于是我也深深着迷了。

这便是我喜爱属于我的景色的原因。它永不改变。它便是土地、肮脏而嘈杂的城市、阳光、大海、烟雾与热气。它惊人的永恒、赤裸、贫瘠、卑微。我全然属于这景色。地平线那头的山峦向我压来成吨滚烫的岩石。天空通过肺部进入我的身体，而我则缓缓驱散这潮湿、阴冷的雾。汽车燃油与燃气的蒸汽，排向沙滩的下水道的腐臭味，还有人的汗味，统统滋养着我的血液。我所喝的水源自这片土地，我吃的果子上落着这些墙垣上的灰尘。白日的阳光射进我的皮肤，悄无声息地将我改变。我在此生根。我在此老去。我的思想由这泥土与空气组成，而我的话语始终描绘着同一个偏僻的角落。我是这空间的每一块网格，而我的房间，嵌入我诞生之地的微型蜂房，则庇护着我，时时刻刻地庇护着我。外界不存在。世界不存在。故土不存在。这无边无际的几平米，拥挤而生动，这便是国度，人所认识的唯一的国度。我希望能像一棵橡树，一个又一个世纪，植根于同一块土地，岿然不动，绝不离开。

另一个显而易见的事实：我们活在社会中，无路可退，无法抽身。力量，令人窒息的他人的力量，他人存于我身、将我创造。如何做我自己，如何能不交流？我的全身全心都被卷入这个社会。我活着，我思考，我参与。我抽烟，我吃饭，我生育，一件不落。那么能自私地完成这一切吗？不，甚至连自私也做不到。在我的卧室里，我与世界连为一体，我受苦，我热爱，我心怀博爱之情。

介入一事不是程度问题。它是一种状态。人的境况被归纳为唯一的行动，而痛苦便是折磨，憎恨便是战争，诸般喜爱皆是爱。自认为已经逃离的人是天真的：他们不过是自欺欺人罢了。

自以为隔绝尘世的人，同时还觉得行为是一回事，思想是另一回事。思想便是行动，而做自己，便是成为他人。不需要，不，完全无须四处宣讲、参与党派、造起城池。人，在他的洼地里，在他的洞穴中，依然参与着共同的事业。他同样信着，爱着，受着苦难，他是*有用*的。

事实上，社会，在我们每个人内心。一切由它而始，由它而终，而它也只通过个体表现出来。这一点，便是我们熟悉的矛盾，是孤独与混居的艰难辩证。助长某些幻想是徒劳的：任何社会事业中都包含利己的成分，任何避世之举都是全人类共性的病症。我们是这闭环的囚徒。个性闭合于共性，而共性又总是回归个性。人非矢量。他们并不无限开放。他们不过是渺小的碎片，是一切他们塑造的与包含他们的事物的精准形象。想成为统一体的人其实是多重的，他正是在多重之中成为一体。

这件事人人都应知晓；人人都应知晓献身于功业是对自我的役使。应该日复一日、毫不停歇地告诉自己，在将他自身的碎片，他无足轻重、可怜的碎片给予群体时，人所获得的远超过他的付出。奉献的满足感远胜过被服务的快感。当人们明白了这一点，当人们真切地明白了这一点，他便可以毫无保留、真心实意地投入他的事业中去。他所做的一切，便不带任何幻想，也无任何苦涩。

人类行为中，我最欣赏的或许便是放弃。倒不尽然是摒弃享乐、罪恶与阻碍，而是抛弃一切伟大的谎言，放弃骄傲，放弃迁就顺从，放弃所有我们认为本身是好的，其实根本无关痛痒之事。

褪去谦卑的快乐同样是艰难的。抛弃自己身上这个脆弱、趣味盎然又丰富的部分是艰难的。准确地认识自我是艰难的。容易的是任由头脑发热，听人称赞，还确信自己是在行善。这迎合了人的虚荣心。让人飘飘然心花怒放。比起这种轻浮，我倒觉得骄傲更好一些。

悲悯是褊狭的，爱是专横的，道德是虚伪的，仁慈是辱没人的。比之这些愚蠢的美德，缺点倒来得更温和些。至少，它们不说谎。恨不会假装服务于全人类的事业，残忍不会不惜一切代价也要包容理解，不公也不会戴上不属于自己的面具。慈眉善目、温和有礼的独裁者成群结队、不可胜数，他们偷走手无寸铁的灵魂，用甜言蜜语将之玷污。倒不如石像般血腥残酷的暴君，一心沉醉于驯服被夺去生命的、锐利的、充满恨意的灵魂！

仿佛被卷入一条隧道，我被吸起，飞向大张的白色开口，向着苍白的天空，巨大的光的漏斗，沿着这条从黑暗出发，通往平静深渊的道路，甚至，我不再是沿着道路，而是化作道路本身，在迷醉中滑向生命与幸福的本源，我的自我不停延伸，根依然深植于虚无，向着诸般自由中最大的自由，我走向这未知的存在，我靠近它，我已经能瞥见它无尽深邃的以太，我已经能品尝到在其中绽放自我的沉醉，就像消融的雪，就像缥缈的香，扩散、渗入分子群中，于是我猛冲，我猛冲，我登上我的地平线，我融入其中，我慢慢地凝结，我向你走来，我向你走来，我跟随，我跟随，我跟随……

我看见太阳落在景物上；血色圆盘缓缓沉向地平线，

不断扩大,像一盏灯浮在泛紫的云层之上。城市和大地都笼上一层灰尘,一层灰烬,而大海也不再是大海的样子。其上,天空无比纯净,凄凉,绝望,染上一种诡异的灰。天边,太阳落下的地方,只有云朵,迤迤然飘动,彼此交融。这幅巨景里,万物一动不动,岿然不动,无论一棵草、一朵浪,或是一只兽,红色的圆盘缓缓降落,漫长地进入景色之中。它一点点缩小,直至变成拥在层层叠叠的棉花垫上一个炽烈燃烧的小点。城市与烟雾缭绕的丘陵静止不动。接着,它突然消失,瞬间被吞噬,仿佛骤然起身的大地轰然倒向虚空。于是夜幕始降于景物之上,如此这般,渐渐地,落下它巨大可怖的暗影。而其余一切也再看不见了。

做石头、树、鸟、芦荟、微生物、水晶、分子。

贫瘠。

匮乏。

冷漠。

耐心。

无力。

放任自流。

栖居在这片荒漠里的重中之重:贫穷的思维。我没有确信的事物，无所依靠，一无所有。如有条件，或许从属于别物。但并不必然出于爱，或是仁慈。出于嫉妒。出于饥饿。出于痛苦和恐惧。出于庸常的生活。

可这种共享无法实现；它既不是一种慰藉，也不是一种信仰。它只是一个显而易见的事实。唯一关键、重要的是一贯的自我意识，个体永远无法从中脱离。这既不可鄙，也不绝望；但它迫使我们接受一个基本事实：人的一切表现只具备个体层面的真实。这就好像某种秘传哲理，是孤独与封闭的法则。他人，如果存在，那么我们只能通过类比的逻辑去理解这种存在。他人面向我们拥有无限权力，创造了我们，将自身的系统强加于我们，他们渗入我们之中，而我们却永不可渗入他们。他人始终是个谜。我们与他们之间的渗透性是单向的。理解建立于原初的不理解之上，一如交流扎根于不可沟通。当我反观自身，只觉头晕目眩。这丰富的一切，窜动聚集的人群、热闹的社交、文化、与他人相对轻易建立起的关系，这一切不过荒漠、赤身、寒冰，阻隔封闭的大理石块！怎么可能呢？如何是好呢？我甚至找不到一点碎屑，找不到一词一句作为依靠，去抗议，去试着反抗，去打破围墙！没有。没有。四周皆是甲壳，在我身上，封闭我的身体与精神，密不透风、无缝无隙，不留一扇甜美的窗，照入异质的温柔阳光。没有一物。这难道还不令人作呕？这难道还不使人发狂？

我们已行至墙边。我们已来到末路。再往后，只剩空无。这个晦涩的世界里，再不会发生什么让您去嘲笑命运。我们无可凭依。疑虑统摄四野。没有，哪怕最简单的思绪也无法有效传递；这就好像一场与镜子的搏斗。镜子是什么？一块覆了铅的玻璃，忠实地映射一切。但忠于什么？忠于自己。绝非他人，唯有自己。所谓映像从不是确然的。它是关于自我的观点，又一种观点，就好像已有的还不够多。精神为不可见的口所哺育，不断膨胀，为危险的迷醉所俘获。它已过满，无比想让多余的溢出。可它不能。所以它与自我搏斗，冲撞，自毁。来吧，来吧，能刺破这瘤块的手术刀。若是迟疑太过，便会太迟。令人眩晕的旋转会加速。一切都将重新跌入黑夜之中。

解决问题的药方，我们或许可以在自身寻得。必须保持谦卑。必须放弃理解，在存在之物面前学会谦恭。应该选择残缺，接受拯救。放弃清醒？不，不止如此，还要放弃才智。怀疑，但不再是因为怀疑能让人无往不利，不再因为怀疑是建设性思维最精妙的形式，而是因为除去疑惑之外一无所有。热爱贫穷，不因财富是枷锁，而贫穷让人自由、使人高贵，而是因为此处再无一物为我所有。

活生生地献身痛苦与软弱，不为东山再起，重新把握自我，而是因为除此之外没有其他选择。作为全然不可分割的个体完成这一切。盲目地，毫无防备，毫无算计。之后，或许会有回报，或许没有。然而这并不重要。我们别无选择。

贫瘠。缄默。温和。甚至无须保持清晰。人下意识展开的幻想里自有种真实而深刻的贫瘠。扎入他自身的深渊，身处想象可悲的眩晕之中，人于是找到了谦逊的平和，高尚的退让。因为关键不在于程度：所在的，便在于本质；存在谎言的美德，正如有精确的美德。骨架，人不可驯服的铁骨，便是这回归自身、化作谦卑的骄傲。向自我妥协，与自我交易的人不配卑微。以不幸为意愿并不容易：它要求被贯彻到底，它渴望无限、希求绝对。就像为了成为伟人中的伟人，须以狂热与疯癫殉道，为世人所遗弃，赤手空拳，孤身一人。荣耀与苦难常常是同源的：一方与另一方都是极致的傲慢与极致的谦恭。

我经常失望于人的局限。有钱、地位和居所，人活着难道就是为了这些？医生、律师、老板、作家，诸如此类，便是他们的抱负？他们竟如此容易满足！他们只想彼此相像。又或者,他们所追求的与众不同又何其小气。一旦攀上了他们可怜的顶峰,便心满意足。他们想要的何其少!小公务员们,为了赚钱不择手段,目光只盯着自己的车子、缩小版慈善、周六限定的虔诚与小剂量的跟团冒险。又或者他们为自己的唯理智主义沾沾自喜,带着他们的闲书,他们那一丁点儿恰如其分的文化,还有他们封闭、唯利是图的逻辑。所谓雄心勃勃就是这般?满口家长里短,强词夺理,自命不凡,济济于名声、资本和自己庸常的舒适!他们也谈论信仰和爱情:可对此他们知道什么?一无所知。信仰,爱,如果存在,必然是激烈的。它们席卷而来,压倒一切,直至让人灼烧殆尽。

的确,这些人也要求理性:他们精打细算、欺骗隐瞒。这不过是荒谬的理性罢了。与之相比,疯癫多么有力。胡言乱语、大错特错的人是何等的美。又是何等强劲,那些误入歧途、走向罪恶的人,并非由于某个女人——女人不过是个借口,而是因为他们身上无法妥协的特质,这种特质并未使他们走向理解,而是汹涌浩荡地裹挟着他们去爱,去杀,变成野兽。

还有那些一旦开始就一意孤行的人;那些自我毁灭的人,受苦的人,深陷自我意识的陷阱的人:他们也是罪犯,这便是他们。

我厌恶金钱。和钱共生,并非易事。纸币代表了人类社会中所有有限的、争论不休的、谨小慎微维持着平衡的事物。对钱的热爱,便是对琐事的热爱,对可供购买物品的热爱,对有限荣耀的热爱。它不过是续命丹,是所谓实际的现实,是谎言。钱影响了我与他人的关系。我不知道如何付款,也不喜欢有人给我钱。我还讨厌自己对金钱,对所谓商品价值的陈旧概念条件反射式的尊重,因为我所相信的只有情感的价值。我不清楚该如何赠人钱财,而当我给人小费时,不知什么原因,收钱的人看他手的样子就好像我往上吐了一口痰。与此同时,我也明白自己十分贪婪,属于我的每一分钱,我都害怕失去。

真正的雄心壮志最终必然走向清贫。一无所有是一种诱惑。孑然一身,彻底回归内在,不再依附于尘世之物,这才是应该做到的事。

不要买车、买房、获取地位。最低限度地活着。什么都不买。物品是有黏性的;一旦,某一天,您意外被其中一样捕获,而您没有及时脱身,您便完了。渐渐地,房子,车子,金表,无用的奢侈品,以及各式各样华而不实的玩物便会引诱您的灵魂,很快您会发现自己变得精打细算,投机取巧,在肉店柜台前掂量鸡肉,理智,满口大道理,懂得有些事情能做而另一些不能,沉浸于极度封闭、乏味的世界,冷静而刻薄,颠来倒去重复一样的话,还像个蠢货般心满意足。

我们很难不屈服。人必须奋力抵抗,与一切包裹、播撒、飘荡的事物作持久的斗争。

我的思想未必有多新颖。相反,我时常会认出一些同我相似的人,举止一样生硬,表情一样疏远严肃,还带些拘谨。穿着灰色或黑衣,不太显眼,也并非完全不起眼,他们不喜欢惹人注意。情感丰富,却外表冷漠,面上总是有些僵硬不自然。礼貌到过分客套,他们与忙碌的普罗大众并无区别。甚至,从表面看他们的生活,会觉得他们总是匆忙的,来来往往,总有工作在手,总是勤勉认真。然而,从某种意义上说,他们其实一直停驻于自身,同时观察四周,始终观察着。一切都让他们惊异,最为无关紧要的事物也常让他们兴趣盎然。万事万物都是他们的研究对象。他们的眼里有一种清澈无瑕的天真,透着点儿不安,带着点儿残忍。他们常常就瞪圆了眼睛。他们是被宠坏的孩子,小心眼,坏脾气,像个小丑。他们是幼稚的,有时甚至荒唐。他们癖好众多,十分敏感,对别人不可置疑的要求心不甘情不愿。我并不愿意这么说,但这就是他们:一群多愁善感的怪人。

什么都别放弃。不放弃幸福,不放弃爱,不丢弃愤怒,也不抛弃才智。不要犹豫；在快乐中享受快乐，在骄傲中恣意骄傲。有人找您麻烦，就勃然大怒。有人打您，就回敬回去。诉说。追求幸福，热爱您的财产，您的钱。拥有。一点复一点，绝不夸耀卖弄，去取得一切有用的东西，还有所有无用的东西，本质地活着。然后，当您拥有了世上的一切，再去拥有您自己：将自己关进唯一巨大的卧室，灰暗阴冷，四壁萧然。在那里，回归您自身，审视自我，永恒地审视自我。

贫苦之人触动着我。每每看见这些穷苦人中的一个，嵌入某扇门的一角，或堆在某辆板车下，衣衫褴褛，灰头土脸，双手皴裂，神情畏惧而贪婪，双眼漆黑如炭，我便生出恐惧之情。儿时陈年的忧惧重又涌上心头，那是对寒冷、饥饿、未知与生理苦痛的恐惧。我看见他们瘦弱、畏寒、衰老的躯干，他们缺了牙的嘴，他们脖子上的肿块，他们脸颊上的疣，破衣烂衫沾上屎污，身边是粗纸、酒瓶、异味、烟头和尘土。我希望他们不存在，希望他们突然站起来，轻松愉快地走开，好像这一切不过是个玩笑。可是他们永远不会复原。他们还是这般。于是我的恐惧变成了眩晕，变成了难以忍受的冲动，诱使我离开又逼迫我待在原地，吸引着我又把我推离。能为他们做些什么？他们是谁？如何分担他们的苦难？可他们只是一如既往，用带着眼屎的、醉汉的眼睛望着我，冷冷笑着。

真的能为他人做些什么吗？如何平息啃噬我的恐惧？我所惧怕的到底是他们，还是我自己，那个感受到街头寒冷，忍受着灰尘与衰老的昏钝，突然披上破烂粗糙旧衣的我自己？他们，或许是不明白的。但我，我却清楚他们此生无望，逃脱无门，困苦是最为丑恶不堪的命运，而他们永无出路，永远没有。这些可怜人为时间所困，为社会所困，如同蝼蚁，没有力量也没有勇气。为了免去折磨，必须学着把他们当作无关的物品。不断增厚与社会接触的表皮，起先是有意识的，后来竟也成了习惯。不再去看，不再去听。大步跨过街头瘫倒的身体，学会不再因为这些绝望、堕落、顺从、布满丑陋皱纹的脸庞带来的可怖冲击而痛苦。这就是常态，一切如常。然而，每当我在街上与他们不期而遇，每当我发现他们睡在垃圾桶边，无论男人女人，都像是破了洞的旧口袋，我便自觉羞耻万分。

因为不幸、丑陋或孱弱而面容老成的孩子固然使我在意，但我一见便无法无动于衷、唤起我内心隐秘的温情与伤感的，却是老人。我观察他们生活、行走，我听他们说话，我端详他们的面孔与身影，我试着解读他们隐藏的秘密。他们贫穷。他们身前再无一物，他们衰老、愚钝、孱弱。他们是脆弱的。看见他们年老的脸庞，我的痛苦便不可抑制。我想让他们停下，就这一刻，让他们的时间定格，让他们安心，让他们变回曾经的模样。但这是不可能的。他们永远无法回到过去。出于怜悯吗？不，依然是恐惧。对死亡的恐惧，或许如此，但不是我的死亡，而是他们不可避免的死亡。我为他们所携带的不可违背的诅咒而痛苦，这是命运必然的诅咒。他们，不可能是美的，不可能是英勇的。他们的脑海里只剩下即将到来的平静、悲惨的死亡。他们模糊的面容，他们绝望、劳损、疲乏的躯体，不过是为了揭示自己曾经有过的另一张面孔、另一副身躯,过去它们也曾为如此充实而蓬勃的生活而震颤。我惧怕滑向这种境遇;我害怕自己也这般,一点点,几乎毫无察觉地衰败下去。我想要反抗,想要逆转时间的流向,忘却,忘却。但事情并不如我所愿:他们,不断老去,一分又一分、一时又一时、一天又一天。他们逐渐衰弱。记忆丢失。脚步蹒跚。世界变得越来越大,将他们推开、困住。而我,我觉得自己是他们中的一员,同他们一起,而不属于那个活人的世界。

我所恐惧的,倒不尽然是作为事件的死亡,它终会来临,会带着些许痛苦与窒息将我捕获。我所恐惧的是*生活中的死亡*。我做的每个动作,说的每句话,我周边世界的每一种美,都会唤醒这个幽灵,仿佛还存在另一个世界,一个复制世界,一个黑暗的世界,它的反差并不会让我们更强烈地感受到生命,而是将我们引向它反向的深渊,消解现实,为之染上虚无的颜色。

有时,几乎没来由的,就这般,我会瞬间为虚无的念头所捕获。它毫无征兆地出现,彻底将我占据,向我展现出它毫无欢愉的绝对存在。发生了什么?它从何而来?我说不清楚。但它就在这里,存于我身;上一刻,我还是幸福的,脚踏实地,扎实地活在现实生活中。这一刻,一切都烟消云散了。就好像我被从时间与行动中抽离,栖在某座高塔顶端,眺望着。种种外因都是表象;我不相信是它们把我从存在的唯一真实中偷离。不过,每当这种情况出现,每当它在我的内心翻动,确实有一个非常具体的起因是我知晓的。比如:我在盥洗池里洗脚,认真用肥皂清洗我的脚趾。一条腿站着,另一条腿浸在烫水里,我忙碌着。做的是惯常的动作,早就定了型,不动脑子也可以完成。可接下来,突然,院子深处的一阵音乐声穿过窗板传了进来。我听见了。那是段悲伤、通俗的曲子,也许是手风琴。从收音机里播出,或者由某个坐在院子中央箱子上的乞讨者拉响。旋律非常普通,不好听也不难听,有一阵没一阵地传上来,混着引擎声和居民区的人声熙攘。时不时,还会有一个错音,或是一段沉默,好像那人需要缓口气。我一边洗着右脚,一边听着。然后,依旧猝不及防地,我一件事也做不下去了。我僵在原地,震惊于自己竟受到如此震撼,被这沉闷、有些尖锐的乐声彻底触动了心肠。我的头脑一片空白。心里只剩下无边无界的绝望深渊,好像一口黑黢黢的井,无处不向我展示着虚空。我的意思是,四周的事物依然存在,我全部看得见,包括白漆墙上凝结的蒸汽水珠最微小的细节,盥洗池釉层上的刮痕,龙头上的水垢,肥皂水面上的浮渣;但它们都凝固了,苍白又凄凉。这是剥离了语言之情感的空间,只剩下物质,立体、安静、如原样所是。这是无可言喻的空无,无尽,永恒,是岩石的寂静与坚硬,此处,便是平白。

就这样我久久待着,一条腿站着,而盥洗池里的脏水不知不觉冷了下去;我一动不动,不明就里。种种关联被切断。我为寂静所凝固,木雕泥塑般,目瞪口呆。我走出了我的生活,脱离此刻我生而为人的可悲生活,与万物融为一体。认识虚无。认识虚无。流逝着的时间的概念被驱赶、逐出我的脑海。我没入绝望里,对我的死亡的绝望,对院子里浑然不知拉着手风琴的人的死亡的绝望。真正意义上无目的的绝望。无根的情感。知道自己在哪儿,好像从未如此清楚明白,却又已不在此处。真正癫狂的时刻,这样的时刻会让我在回过神后怀疑自己的理性。发生了什么?它怎么会降临我身?难道就不能让我做自己,就不能由着我去痛苦,去生活,去吃,去睡,为快乐或焦躁不安而心情激动?我不想要这种寂静。我不想要这种静止的瞬间。当我重回现实,它留给了我过多的痛苦。院子里拉手风琴的人难道没有想过他正在做什么?他是否会想到自己引发的绝望?这千百万躯体在泥土里腐烂时可憎的绝望,千百万行动消失的绝望,所有碎屑缓缓、莫名分解的绝望,它们融入天际,逐渐被狂风暴雨吸收,这是不可避免的终极旋风的预兆,是虚无的可怖风暴的先兆。这些无尽的谜,这些没有答案的问题,这冷,这无边无际,统统令我生厌。它们盘旋在万物之上,将自己的怪相藏在女人或小孩的面孔后面,它们有着动物、植物,或熟悉物件的模样。我的电动剃须刀肚里也带着虚无,房屋空洞而轻薄,模拟出坚固的假象。一切都是障眼法。万物都在逃离、流逝,长久地消融。他人的眼里充满贪婪的暗影。刻薄的暗影。种种举动不断形成分解。话语不说一言。今天。明天。美。丑。存在。死亡。思想。行动。痛苦。欢愉。奴隶。主人。富有。贫穷。强。弱。此处。彼方。多。少。10,100,1000,156738429,诸如此类。交替更迭被阻断。一切漂浮,静止,移动,保持平静。再也无法诉说。不,再也无法言语。再也无法思考、无法行动。再也无法存在。必须保持沉静。不是折磨的折磨,没有名字的绝望。然而,这一切都只属于我。是我作为活人的本性。院子深处弹奏的某段通俗手风琴曲将这种天性向我揭示出来。

我所厌恶的,并非空无本身。而是它在我这个思考的人的骄傲之上留下的伤痕。我曾如此全然地相信一切,哪怕面对死亡亦是如此,我所得到的启示却是残酷的,世界空无一物。幻觉,是的,只余下幻觉。反抗虚无的幻象、对抗时间的错觉。但这幻觉并不总是坚不可摧的。有时,它也会退让,于是我的存在里,我的生命中,也会如同打开一扇门般,敞开松动的边缘,显出夜的可怖图景。既不是某物,亦不是无物。比这更糟,远超我思想之上:冻结。永恒。短暂。广袤。此处。

这是否是我意志薄弱?是否异常?无关紧要。类似的探险时常重现。回过神时,我总是筋疲力尽却倍感解脱。我看向四周,恭敬而骄傲。就像一个知道却放弃分享的人。或是个一切如常的人。我无意将这种逃离系统化。何必如此呢?它既算不上世界观,也不是一种通往幸福的方法。它不过直白展现出我所是的样子,展示出我的精神与物质之间艰难痛苦的关系。

另一些时候,我会在望向窗外时感到动摇。我在窗边,手肘撑着石板边缘,一边抽烟,一边观察着四五百平米的声响、运动与色彩。接着突然间,不知为何,或许是身处四楼,居高临下的位置,又或许是人群那典型的喧闹声,让我忽然开始凝视整个世界。这一整个在虚无里游动的世界,微小、浑圆、混沌,肮脏又潮湿的小球,上面躯体攒动。

又或者是晚上,在电影院出口处,当我和两三个人聊着天,在最意想不到的时刻,我突然失去了平衡。人声变成了杂响,我再也听不懂其中的意义。我所懂得的事情却要可怕许多。这就好像一个白日梦境,黑白光影明灭,这梦并不闪烁,而是独自一个在我的黑夜深处剧烈燃烧。赤裸的物质的梦境,重如千斤、不可见的物质的梦境,压垮了我僵硬的身体,又将我倒回无数世纪,回到那永远无人知晓的、被诅咒的时间的爆炸之源。

至于另两人,他们没有怀疑。他们继续在行道边聊天,他们提问,他们回答。他们说些套话,他们分析,他们提出些概念。他们比画。漫长的一刻钟后,我内心的门关闭了。我重又活了过来。夜晚。电影院。我感受着。我苏醒了。一辆车驶过的闷声。咳嗽。点烟的打火机的微光。

"……我哪可能这么想呢……所以我和他说……他告诉我……对啊,就是……不错,实话说,很不错……但我可受不了这一点……他明天来,是的……"

我回归了。

人造之物

个体真正的悲剧在于,他既要被成就,又命中注定。他不拥有什么。他属于他人,通过表面的交流能力相连,被社会改变,个体是种种力量的交汇点。他是一场内爆的核心,各种外来能量在这个逼仄空间里激烈而混沌地彼此交聚、融合。

作为个体,我毫无自由可言,甚至没有自由自认真诚。我的理想,我对世界的看法,我的信仰,我的所思、所说、所写,统统不属于我。我没有选择它们。我不过是自由幻象的玩物。曾几何时,对我而言,再没什么比思想更自由。白、黑、黑、白,我统领着,我幻想我统领着。骄傲如我甚至相信,若我的想法与现实相反,道理应该在我。对想象、对语言如此精细的建构——有时甚至逼近梦境——确实曾经好像是我无可争议的财富。我一度相信自己可以对词语为所欲为,对*我的*词语为所欲为。

可这一切都不是真实的。词语不属于我。语言不是我的财产。至于抽象的思维,对想象虚假却愉悦的构建,则不断将我背叛,对此我却从未怀疑。

我曾一度相信,我的判断、情感、道德,自然而然出自我心。我当然明白社会经验塑造了我，但我觉得总该有类似自由意志的可能选择。在诸多品质链中择一的选择。我错了。没有选择。

我身上的一切，都来自他人。一切。我的高尚思想，我的性格，我的品位，我的道德，我的骄傲。没有一个属于我。一切都是拿来的。我窃取了它们，而别人逼迫我将它们植入内心。意识、拒绝、敌意：他人，总是他人。清醒、勇气、绝对：他人，他人，他人。

迟早，人会察觉自己活在社会之中。他明白了自己的责任和义务。于是他需要一种意识形态。在与现实的接触中，他身上逐渐生出一种广义的人道主义，促使他爱他的邻人、寻找友爱的温暖。如果他认真思考这种人道主义，他会发现单有情感并不足够，还须建构出一种道德体系。他推崇共存所必需的情感与首要法则（礼貌，尊重他人财产，仁慈，慷慨，等等），以此回应世界的重要议题。当这种推崇脱离了具体实际，这个人便造出了谎言、假物。

这是如何发生的？感知如何产生了滑动？人道主义原本是半自发的情感，如何沦为伪善、心口不一？是源于将之系统化的尝试吗？

说到底，这便是社会介入提出的问题。更有甚者，这便是真诚的问题。具体从哪一刻起，一个人不再真诚，反而成为幻觉的玩物?这种硬化何时发生,被感知的事物何时开始僵化,一切何时走向抽象,成了游戏?我看见身前重又敞开他人支配的深渊,不可消减的旋涡,让我不再是我,而是一个倒影、一声回音,一粒可鄙、多余的齑粉。

因为哪怕**我**的存在从不完整,哪怕我不过是我所在世界精神、习俗、义务与风景的产物,曾经,这个**我**一度是存在的,就好像出于某种共识,出于某种相对的和平,而另一刻起,这个**我**消失了,让位于炫耀、空洞的文字游戏,没有血肉,也没有思想。

曾有一刻我对我本应简单体验的生活强加要求,为了造出某个自洽系统的虚荣,我放弃了自己的存在,投身于确信的无知当中。

出于某种"信念"的力量,我任由自己陷入不可逆的失衡。现在,畏惧于再次跌入虚无的焦躁,我宁愿选择抽象系统炫目而虚荣的美。许多人在回归自身之后,都发觉自己的生活不过是骗局,而他们人造的意识形态也不过是障眼法而已。人无法如此轻易就逃脱孤独。诚然,怀疑不是建设性的举动,幻觉则与信仰一样,拥有颠覆山峦的力量。可颠覆山峦又有何用?毕竟我们自身也不过齑粉,简单、清醒的一瞥便足以让您土崩瓦解。

最为深重的罪行,人若犯了,原因不是情感,而是才智。必须学会拒绝理解的欢愉,必须学会放弃好为人师的傲慢。信仰出现并不是因为人们需要它才能获得幸福。人类的爱并不简单,更与善心无关。

这是否意味着我们注定无法伟大而真诚?并非如此,但既然谎言和人造物确是我们社会生活的基石,就必须质疑所有不源自我们情感的事物。我们必须不断回归自身,深化自我,认识自我。只有在接近自身秘密的过程中,我们才能触及普适的谜。我们的统一性,由无数碎片构成的不幸的统一性,必须将它寻找。所有判断、道德、宇宙真理的钥匙,如果存在,必然存于这统一性之中。

那么现在,还剩下什么?不剩一物。我已经剥去身上所有遮蔽我脆弱真我的外物,就像褪去华而不实的外衣。我是空洞的又如何,注定一死又如何。信仰,或许需要用另一种方式触及。形容枯槁、没有未来又如何,我的自私无法变成人道主义又如何。我只想要我能把握的东西。让我抵御他者吃人的深渊,抵御我目光的深渊的东西。哪怕只有虚无,只有绝望和失调,它们也充实了我,因为这就是我,是我唯一的真实。

或许轮不到我去评判最后剩下的是什么。但是,我必须这么说：我什么也不是。

我写下的这些词句不属于我。我没有权力相信它们是我的。我不过是历史的记录者，能够反映事情本身便已心满意足。归根结底，我想做成的便是此事：一本忠实的书。不放弃任何人性的东西，不轻视任何物质。因为在遵从外部要求的过程中，我也在塑造自我。奇特的双重行动。

我书写。我用他人的思想书写着。

活着,特指存在意识。这种意识是一切人性的基石,无论是精神活动的表达,伦理,还是科学。

"知晓"者受无尽的折磨;但与此同时,也享有快乐中最极致的快乐,恩典中最完美的恩典。一切都源于意识,因为一切都归结于个体性。它是智能的本质,是生命实现的第一个有用观察。精神完成的第一件事——或许也是唯一真实的事,便是意识到自身的存在。其余种种皆由此而来。

仔细想来,自我意识是种奇特的操作。仿佛理解不过是种后撤,思想的首要天性便是思考自身。这不是一个推论:这是专断而显然的事实。

转向自我的目光,自我凝视的目光,不过就是意识到了一种行为,它的起点和终点相似,中间却另有维度。当我思考,便制造了一种流动,生产出一段距离。这个维度,在作为时间或空间的维度之前,首先是存在的维度。

这种意识是如何产生的?或许自我意识首先是对他人的意识。某一刻我们觉察到他者与自我是相似的,同样可以做出判断,拥有激情与感觉,唯从这一刻起,人才能够通过语言的纽带表达出他活着的感觉。

这个过程是与性征同时出现的吗?或许外表的法则确实至关重要。可仅仅将自我意识局限于性别领域是种偷懒的举动。事实是,对他者,无论男女,我们很早就有所感觉。对种群的感知是一种本能,自出生起便已经出现。而环境则完成了剩余工作。

所以是融合了同化(我是一个人)与区分(我不是随便什么人)的运动将意识创造。无论如何,即使这种反应中有本能的因素,它依然深刻地扎根于社会。它涉及个体在组群中的位置,以及对个性必要的尊重。也就是说,归根结底,思想,一如道德感,是作为一种社会现象而诞生的。思考,知道自己在思考,换言之就是做自己,这都是集体生活的必然要求。

但这仍是一个基础层面。进一步深入,我们会发现自我意识——对他人的意识——也可以变成某种面对社会的反射状态。眼睛的意识便是这种情形。他者的眼,包含着目光,会让人手脚慌乱、恐惧、害怕。谁不曾因他人毫不客气、审视的目光而局促不安,甚至动弹不得?谁没有感受过陌生人眼里射出的致命攻击,仿佛压迫着您,审视着您,将您肢解?他人的目光便是我们投向自我目光的一大来源。

无论是羞愧地言明,还是秘而不宣,对他人的感觉催生了对自我的感觉。但是这种感情并不只与外表、举止等概念相关。因为还有如下非常的事实,即意识的运动是不可逆的。其尖锐程度因个体差异多少不同，但它始终存在。他者的目光便成了自我的目光。

正是这个转向自身的动作，这种多少有些精神分裂的状态，成为通向清醒的第一步。自我意识在很大程度上依然是社会的；但它也是自我成就的结果。人是面向自我的景观，正如人是面向他人的景观。和所有行动一样，思想的行动只有在被*明确*的那一刻才算完成。即是说从它被体认为创造出自身延续时间的动作开始。可以说，没有一种思想不是作为思想被经历的。同样，没有一种话语，没有一种动作，不是作为话语或动作被感知的。这是它们存在的必要条件。除去目光与意识，语言、姿态或行动都不存在。没有放大思想（也损耗着它）的镜子，思想便无法摆脱虚无。

甚至，从某种程度而言，没有对存在的意识，便没有存在。

意识从一个简单的现象变为人思想与生命的命脉。这其中的危险，我是清楚的：那是碎片化与绝对的威胁。从未经历无限镜像绝对而空虚的游戏的人便不会明白这种风险。

有意识的存在事实上由什么构成？他的身上，也许同时存在下述所有组成部分：

— 目光

— 语言

— 思想（行动）

— 孤独

— 自恋

— 晦涩难懂

知道自己活着的人，为各种感官共同揭示的人，身上既有自己的重量，亦有他人的重量。再一次，这种机制体现出双重性。反射镜面的镜面。真实在何处？本源在何处？不可能说明。但生命的双生是必然的、命定的。所谓存在，便是通过他人成为自我。便是双重的存在。

行动和思想都不可能是简单的。一切复杂，零散，是无尽的往来运动。人的孤独是镜的孤独。纷繁杂乱、不可把握、全然不可规约。过度的清醒与过剩的意识导致异化与癫狂。看向自我的目光无边无际。确切认识自我比单纯想象暗含更多令人眩晕的深渊。存在的深度永不可知；它是无知无觉的深渊，而意识则不断在其中开拓疆界。

这个女人的面容出现在我面前，仿佛揭开了所有面纱。一颗完美的头颅，线条规整，眼睛深邃而温润，深色头发托出高耸的颧骨。她唱着歌。黑色幕布上，这张面孔漂浮在我眼前，轻柔摇摆着，它刻意做出的表情，满是他人为我演出的、希望我相信的情感。头颅栖在比例合度的身上，似乎与那肩膀、那圆柱形的脖颈、那丰满柔软的胸脯相得益彰。臂膀摇动：它们伸展，交叉，末端是两只张开的手，手指时刻准备着握紧。它们演出痛苦或爱的戏剧。人们教会它们，教会这双臂膀为情绪服务的方法；人们向它们展示动作的细节，以便表达灵魂的感受。生气的姿势，嫉妒的姿势，钦慕的姿态，信仰的姿态，幸福的动作，痛苦的动作还有母性的动作。现在，它们懂得了。它们能独自生活，不停表达、说明了。躯体的其他部分也一样：憎恨的膝，绝望的胸，惊讶与赞叹的腹。纵情的胯、痛哭的肩、不耐的脚。美德的背脊。奢华的背脊。发笑的发丝。最微末的细节，比如肌肉一次轻微的颤动，姿势一瞬的紧张，就足以改变情感。好像一套编码，我们自童年伊始就在学习，现如今已熟记于心，用以表达习惯与本能。这一整个身体都是有用的，是一件仪器，而它所表达的没有一事是陌生的。就算是真情流露（情感必然会在某一刻流露），这些情感也诞生于模仿，存在于表象之中。

奇特，多么奇特的机制！这个女人从来被教导说自己是个女人，于是人们就这样塑造了她的躯体与精神，现在，她的身心完美与之契合，好像一辆汽车的引擎。被塑造的女人塑造了女人。

这具断开的、好像被斩首的躯体之上，是一张富于新奇色彩的面容。变幻，朦胧，近乎透明，透出美和生机，这张脸像件物品一样被展示出来。一件私密的物品，让人心痛，唤起回忆与悔恨。我们熟识这一切，深沉温柔的眼睛、眼皮、鼻子、鼻孔、鼓起的脸颊、眉毛的线条、头发、耳朵、牙齿和嘴唇。我们熟悉这一切，仿佛它们时刻在眼前。它们依照种群的模具塑型，展现出这个众所周知族群的全部璀璨，它们与您息息相关，向您展示出您自己的眼睛、嘴巴、鼻子、耳朵和头发，您的睫毛与眉毛，您的下巴、前额。它们和您说着一样的语言。它们说："我属于你……我属于你……我属于你……"如此这般，无休无止，将您卷入您深渊的深渊，将您投入您自己的旋涡，将您命名为人，从此以往，永恒为人。

她依然模仿着。她始终无辜地上演着种群的戏剧。她不知道自己已被背叛。她赫然展示着自己不可侵入的身躯与面容，浑然不知这副铠甲也有弱点。她不知人们已经将她猜透，人们从内部照亮了她，无论她扮出怎样的鬼脸，做出怎样的努力，她都一丝不挂，不可言喻地赤裸着，半透明着，藏不下任何一个谜。她不再是个谎言。她是一个女人，完整的，有她的情感与思想，有她的神经、腺体、皮肤，以及好像 X 光片上一般清晰可见的骨骼。

由皮肉、纤维、细胞组成。一个完整的女人，被完整地看见。一包血肉，熟悉，神秘，一个晦暗的藏身处，一个人们可以自由移动的迷宫。这双湿润、漆黑、上了妆的眼，并不是个装饰：它们在看。这张涂上鲜红色彩的嘴唇也确实是嘴唇，这对描了色的眉毛也确实是眉毛。这头发、这尖尖的鼻子，这涂上睫毛膏的睫毛，这些皱纹，这上过脂粉的皮肤，这一切都是真实的，无比真实。而这具穿着丝绸的躯体，这肩膀，这胸脯：我们徒劳地遮盖它们，装扮它们，用各种饰物与立体的美让它们变得神秘，它们依然是它们自己，是活生生的器官，为交尾与分娩而造，刻满这个物种不可撼动的计划。

至于头颅的匣子里面，从四肢百骸涌来的情感不断生成、传播。这尊雕像被附了魂，她思考，她看，她感受。她有痛苦与快乐，她富于感情与想象。她有过去、童年、亲戚、朋友、爱人。她有一段确实属于她的生命，就在她那里，一段微小的生命，一个晦涩难懂、枯燥乏味的短篇，不停绘制着，引导着她，一章又一节，直至死亡。

有一天她会老去。有一天她会死去。死亡刻印在她身上，在她的每一个部分里，在她的每一种美里。在这悲剧的青春面具背后，在这柔软愉悦的身躯做成的甲壳之下，终将到来的，便是腐尸。这一点上，她同样无法隐瞒欺骗。扮演女神不过徒然，让自己不真实的影像在黑色幕布上漂浮也是徒然，在人造的奢华场景中，用温柔深沉的嗓音歌唱也是徒然，她的面具下刻上了衰败的面具，世袭之罪的致命标记，遗忘。她半透明的身躯和灵魂不过宣告了这无可置疑的法令：人的真实不存在。美不存在。确然不存在。没有什么可以逃过衰损、混杂、消亡。流逝与更迭乃是生命的法则，因为它们也是死亡的法则。物质的、精神的，没有一样是为了持续存在而被创造。就像这个女人婉转的声音，就像她说出的话语，就像她生命律动出的精巧动人的乐章，就像所有的苦乐，她的身躯和我们的身躯都将腐朽殆尽。此处，物质与精神，具体与抽象汇聚一处，彼此融合，交汇于同一片交替不止的无尽空间。

我越发觉得,分析是虚幻的。分析无法让人接近真相。分析无法让人获取知识。它不过是某个系统,是人瞥见的真实的一个侧面。为了获取知识,我们必须借助分析,但为了获取知识,也必须超越它。对人而言,一切终将走向矛盾、走向神秘,因为万物彼此相连。世界不可分割。它自成一体。即使世界确有起因、命数与起源,也已经与此刻杂糅在一起;它们与我们认为是产物、公理与结果的东西浑然一体。因果是同一样事物。纯粹的现象中既有它的动态又有它的静态,既有它的独特性,又有它的依附性。

人想要组织一切,且过早急于如此。为了理念,他们牺牲了现实。或许他们暗中相信存在某种精神遗产,赋予了人他社会的灵魂;他们相信人应该追求幸福、美德、才智,好像它们是天然的品质。诚然,群体生活需要这些交流。但往往,甚至不是以上这种情况:必须谈论人的"境况",必须揭示不公,积极反对战争、饥饿、种族歧视,否则就算不上一个完善的人。更有甚者,必须不惜一切代价建立起一套价值体系,哪怕完全生搬硬造。这是风尚的要求。谁不用这些宏大词语思考就不配思考。于是,有意识地,头脑灵活的人努力站上崇高的立场。从前他们隐约感觉到的事情,他们教育的成果,现在都被转化成为意识形态。固然，爱自己身边的人、厌恶战争都是有利的。但这还不够。尤其还必须拥有意识。唯它有教化之功，使人不断完善、变得敏感。它才是真正的天赋，是任何内心平静之人拥有的天赋。

人们并没有足够的意识。他们看不见自己，因此，也看不见他人。这一点上形式与内容再一次完美呼应。聪明、敏感、社交能力强的人，也有审美、有对绝对的渴望、有道德感与美德。而愚笨的人对一切都是笨拙的。他的举止言辞都很粗鲁，他毫无美感；他毫无道德；他不知慷慨善良为何物。缺乏才智，他无法理解道德生活的微妙之处。他会轻易做出判断，过于轻易地评判。他会充满偏见而盲目。他会缺乏基本的常识。

我惊讶地看到各种情感竟深刻地彼此相连。一如粗俗的形式意味着粗俗的内容。而灵活的精神、活跃的思维、丰富的感受是获得品位、崇高与荣誉的必要条件。所有这些精致的构造，无论是思想的、本能的，还是感官的，都是相同的。它们彼此依存。内在必然性将它们连在一起。

或许归根结底，应该反思的正是才智本身？一个人的才智，不应该是某种孤立的品质或文化教养。它是其所有表现不可分割的整体，统摄于丰富的生活内心那不可参透的统一体，某种自省的后撤，真正的自我意识。

而这便是与命定论思想对抗的方式：除去使我们诞生于世的原初偶然，我们身上没有任何一事是无来由的。我们身上的一切交相呼应，彼此配合，相互肯定，合作共生。我们有充分的理由成为我们所是的人。

从某种程度而言，意识到自我，即是去感知、研究这些因由。自我忽视总是可能的。但这种无视并不谦卑；它绝无法带来巨大的幸福感。自我逃避的人或许从不会困惑绝望。但他们也绝不会经历这些短暂的时刻，那一刻人找到了自我，看清了自己的本来面目，清晰、坚定、如痴如醉。保持清醒是一场持续的斗争。也可能是通向疯癫的道路。但这其中包含着难以言喻的幸福，知晓人的身上一切如实的幸福。这个无法得到的真相，因为它注定是相对的，或许就是最苛刻、最艰苦的幸福。它要求我们牺牲安全感、骄傲、睡眠。它要求我们牺牲自己的安宁。

写作

写作,肯定有其用处。然而是什么用处呢?这些精雕细琢的微型符号独自前进,几乎独自前进,覆盖白色的纸面,刻上平坦的表面,画下思想发展的轨迹。它们删减。它们调整。它们歪曲。我喜欢它们,喜欢这支圈、折、点、线组成的军队。我的某一部分活在它们之中。哪怕它们并不完美,哪怕它们并不真正在交流,我依然感到它们带给了我来自现实的力量。有了它们,一切都变成了故事,一切都走向它的终点。我不知道它们何时会停下。它们的故事是真,或假。我并不在乎。我倾听它们并不为这个原因。它们让我心生愉悦,所以我欣然任由自己被它们行进的节奏所欺骗,乐于放弃有朝一日理解它们的希望。

写作,如果确有其用,必然如此:见证。留下被铭刻的记忆,柔缓地、不露声色地产下即将孕育的卵串。不是阐释,因为或许没什么可被阐释;而是同时展现。作家是寓言的制造者。他的世界并不诞生于现实这一幻象,而是产生于虚构这一现实。他就这样前行,赫然盲目,断续缀起种种欺骗、谎言和微小的善意。他的造物不是为了永恒而创造。它也应该有尘世之物的苦乐。也应该有缺憾的力量。且应该听来悦耳,温柔而感人,仿佛一场想象的探险。如果他打下根基,那并不是人类生活的基础。一如代数算式,他将世界简化为与某个自洽系统相连的图形表达。而他提出的问题总会被解决。写作是时间唯一的完成形式。有了一个起点,便会有一个终点。有了某个符号,就会有某种意义。语言组成的幼稚、细腻、温柔的戏剧。片段的世界,完成的图画。不可抗拒的意志,微小符号的神秘大军永恒前进,在纸面上积累倍增。此处何物?是什么被标记?是我吗?我是否终于让世界回归秩序?我是否得以在这一方小小的白色空间让它成立?我是否将它塑造?不,不,这一点上,别弄错了:我不过是在讲述人的传奇。

书写的形式、写作的体裁并不真的那么重要。对我来说唯一的关键:写作的行为。文体的结构是脆弱的。轻而易举便会破裂。读者和评论者都被形式欺骗了:他们不愿评价个体,却要评价作品。作品!它们真的存在吗?

当然,文学体裁是存在的,可它们无关紧要。体裁不过是种托词。人们并不会因为想写一部小说就创造出艺术。也不会因为他的作品被称作"诗集"就成了诗人。为自己和他人的写作,唯一的目标是忠于自我,正是通过这种写作,人才能触及艺术本身。

今时今日，人们愈发偏好艺术唯一的表达方式，认为它应该是探究人类意识的某种途径。虚构的故事斗胆变作科学，科学又回归神话。在所有形式细分之前，我们想要表达的首先是活着的人的历险。

但"体裁"的问题确实比看上去更加重要，因为有太多人，面对体裁会像对待时装那样，附庸风雅。他们宣称自己只喜欢小说（而且在小说中，只喜欢一种"体裁"，诸如侦探小说云云），或者只对诗歌有感觉。而同样一首诗，如果封面上写的是"短篇小说"或"叙事类作品"，就不会得到业内人士同样的热情追捧。又或者，一个批评家可以斩钉截铁地断言一本书不可能是"一本好小说"。一张轻易附上的封面，作用就是将只能单独评判的作品归入笼统整体。这种教条主义与缺乏主见的行为是空无的掩体。关于人类语言的迟钝谎言，不在于它试图建立起脆弱的联系，或是它对本质的孤独视而不见。而在于它不愿意向前一步，迅速深入交流的核心。人什么时候容易上当？并非他们尝试彼此呼唤的时刻；而是他们高声叫嚷着拒绝如此的时刻。他们满足于表面的结构，其实却应该挖掘最悲剧、最真实的部分，找到撕心裂肺的语言，去打动人心，或许，将黑夜转化为暗影。

为了接近我的真实,我贫乏的工具,只有直觉与语言。但从某种程度来说,这些工具于我已经足够。它们确定性上的贫乏却是偶然性上的财富。我不应以自己的口吻说话。我该让身上的他者诉说,其他-无是,其他-物品。虽然我的工具并不理性,可它们激发的情感却让我得以在自己意识的未知领地上,苦乐参半,蜿蜒前行。人不可能同时获得知识又保持强健。而我,我选择了脆弱,让目光与话语漂泊无依,和缓地埋葬,肥沃地消亡。我担起自相矛盾、无可举证的风险。但我感觉到正是在此处,一切猛烈地活着、躁动着、扩张着。我心怀恐惧。无论如何,事实是,事到如今我已别无选择。回头已经太迟。当有朝一日,事物以其本来的样貌,展现在您面前,当它们终于献上自己冰冷又疯狂蔓延的景象,没人再可以忘却。渺小、伟大、肮脏、无垠、高贵、癌变、世界,骇人而嘈杂,同时又克制且精致,世界,以人为尺度又超越了人的尺度,被简化为符号,打破了符号,容易模仿,也容易发狂,世界,大地、生命、伸出小枝的树木、鸟儿、叶子、泥板、沼泽、还有蛤蟆、白色花萼、蚊蝇,世界,猛兽的大军,浓稠、发黑、呛鼻、发亮的血,它发干发脆,滋养着猎捕的族群,世界,光的运动与原子的滑行,太阳的轰炸与空间的空洞,黑暗,一切,绝对的一切在此,一切将我冲击,一切将我塑造、将我羞辱、将我面朝下扔向大地,世界,冰冷深渊的空间、贪婪漏斗的空间、时间的细节、生化循环、疾病、新生与死亡,世界,创造,创造不息的曲面,其中没有一物可以带来和平,没有一物可以止于自身,其中没有微笑和解,没有举枪言和,十分神圣又十分邪恶的球体,其中永不会给出这个可鄙问题的答案:"然后呢?远处有什么?随后有什么?"

我羞愧万分,本想永不说出它的名字。但一如平常,它来到了,而我完全被它充斥。一阵让我毛骨悚然、瑟瑟发抖的冷意。我不想在自己身上发现它的影子。我本想做我的黑夜、我的孤独中唯一的存在。自由自在做一条蛆虫。尘世的美,活着的伟大,做芸芸众生中一员的伟大。这才是我想热爱的东西。但你,恶魔,你来了,而你不会放任我真正忘却自我。为什么?为什么你要这样不时填满我的脑袋?为什么你要让我感受到我是谁,你是谁?啊,大人,你无形的控制,已经太过!我无法继续承受。只做一块碎屑,我本可多么幸福。为什么你要将我做成一个象征?没有你我本可多么平静。可你,你对我的自由发号施令。你划下我每一个疑问的轨迹。决定权在你,不是吗?这场狂欢可还合你心意?你只是笑着却永远一言不发?可你,该死的大人,你在我的手指上扎入你的利刺,而我感到疼痛,我疼痛于这场刺痛着、永不会愈合的甲沟炎!

黑暗
我的延伸黑暗绵长

它像一朵墨云般流动
既不留下痕迹
也不吸收外物
它头戴紫罗兰的穹顶
任由言语无声的箭头穿入其中
必须去倾听
必须清空自我
听见獠牙吱嘎作响的野兽刺耳的尖叫
那些啊咿!哈喝!嗷!
那些原地缓缓徘徊的粗哑吠叫
警笛的吠鸣。
缓缓地。
缓缓地。
我被穿透了。
它们附上了我的神经。
瞧啊。瞧啊。它来了。

我知道的是:
大地平坦
一条干涸了的伤口
贯穿地面形成长长的凹痕。
静止不动,天空,静止不动。
苹果不透水的表皮。
沥青的气味低低前行
烟雾伸展成拱顶。
永别,还不到永别。
零星各处,脏了的纸片脚步拖沓。
各种声响说着:买吧,吃吧,卖吧。
卖了吧。
所谓的生活。忘了吧。商品。
生活并不贵重。
它像块脓肿般刺痛,
它咳嗽、刮擦、吐痰。
墙是白的,或许如此。
但它们依然碰撞出声。
漂亮的游鱼,有水母的颜色,
花的颜色,
果的颜色,

光与珍珠的鱼儿
来吧，
深入最深处，
去割开
去做一支利箭！
我不会抵抗。
挂着唾液的生活，马戏团里的斗兽，
且领我最终走向迷醉的边缘
且将我在母体的黑暗里抚慰。

　　活着，首先意味着懂得去看。对尚且脆弱的生命而言，看是一种行动。是一个生物最初的、切实的快乐。它诞生于世。世界在它四周。世界便是它。它看见了它。它看着它。眼睛转动着，朝向一处，眸子锁住物品。种种形式便存在了。这里没有一物不在运动。一切运动着，运动着，疯狂地运动着。目光将自我的运动赋予世界。它铸造它，探测边角，跟随线条、圆弧、直线的轮廓。它驻足，品味各种色彩。红。白。蓝。还是蓝色，但深一些。绿。另一种红。另一种白。没有一色是相同的。所有色彩随着每一次目光形成又消解。切勿习以为常。必须时刻保持惊愕，为每一个新的景象而惊愕。

细节，还要更多的细节。这一点上我永不知餍足。白色的洗手池，两只不停滴水的铜水龙头留下两道青色痕迹。刻在陶瓷面上的奇妙水流。我同您神奇的蓝色一道哭泣，我在这天堂的色彩中哭喊，我再不说话，一言不发，除您之外我别无所求！而那浑圆的水滴落下，不停落在蓝色污点上，日复一日，为之添上无尽色彩的一片微小碎屑。

从没什么像微观之物那般将我触动。唯在它们之中，我消失得最为彻底。是它们以最精确的方式向我揭示了*切实存在的自然的真实*。

沿墙爬行的黑色蚂蚁，朝着它甚至都看不见的目标前进。六条腿。前后两对不断触探，寻找支撑。但真正出力的是中间两条。它们吃力地划动，撑住地面，强而有力，向前投出一毫米这既轻盈却又如此沉重的身躯。这只蚂蚁迷失了，彻底迷失在这片凝固图画一般布满无数颗粒的荒漠里。该是何等可憎的力量！何等无名的恨，或美德，该是何等愤怒与执拗的结合体，强硬的，如此强硬以至折磨着我的内心，正搅动这副肚肠，在这贝壳里咆哮，将这只盲目而孱弱的小兽引向无限，引向它自己的死亡，或是筋疲力尽，或是在一只拖鞋鞋底的黑色雪崩中被碾压摧毁。

恐惧。这只蚂蚁让我恐惧。面对它触角颤动的黑色脑袋，我觉得自己提前被击垮了。为什么，为什么我已经知晓了结局？懦弱，精神的背叛。才智极端的愚蠢。我的夜与它的又有何不同呢？我再没有了自怨自艾的理由。我所知道的无关紧要。我身处同一片沙漠。我也一样，爬行着，却无法真正看清怪物。我抵抗。我挣扎。我吃掉其他物种。每一秒我的躯体都在取得胜利。那我的精神又如何会被击败呢？死是丑陋的。它不是一种休憩。它便是敌人。现在，是了，我要与它斗争。同他人一起，同那只米色墙上爬行的蚂蚁一起，我要驱散遗忘那食人的鬼魅，褪去遗忘的鬼影。我会坚毅顽强又有条不紊。看着。

我愈发需要有血有肉的语言。抽象、概括不再吸引我。人们对我说：才智。好吧。可是哪种才智？博学之士的才智？工程师的才智？士兵的才智？诗人的才智？甚至不是这些：一个人的才智，某个我不了解又试图了解的人的才智。我需要所有材料，即使如此依然不够。我始终需要更多事实，更多依据。这是不可穷尽的。我一度以为已经明了的人逃出我的掌控，不断扩张，逃离，变得极其广阔，只有一件事对我而言显而易见：他永不会属于我。事实总是不够。这个人或许思想清明，判断敏捷，富有教养。这又如何？他鼻子上有颗痘，一颗牙错了位，或是音色我不喜欢，于是他便再无可挽回了。与他人的一切交流都建立在幻想之上。在情感之上。在同情之上。他聪明，不过因为他与我相像，可又是谁说我是聪明的呢？这么多千姿百态的人，品质各异，又如何都能才智过人？真相远要残酷许多：一些人与我相近，仅此而已。另一些则是我的仇敌，就像这般，即便没有意识到，本质也是如此。

更何况聪明才智为何非要通过话语表现出来？语言的分析功能为心理研究提供了条件，但除此之外，难道人就不能通过其他途径达到最终结论？难道除去表达、除去分析，就没有其他直接与世界建立联系的可能？或许现实也会孕育一种直观的智性，诞生于感官，同亘古的执念与迷狂相连？这种精神状态近似通灵，它是出神，是深刻而蓬勃的情感，最终通向无以言喻的、宏大的一体，这个整体广阔至极，无比充沛，乃至近乎虚无。

我不了解的事情，数量之多，愈发令我震惊。我不禁有些担心：归根结底，我会不会就是智力低下？显然，在我身后，有不少筹码能令我安心，文化、学识、两到三张证书；一段时间以来，我已经慢慢习惯了当个聪明人。不过，要是我没有记错，曾经的我并没有那么耀眼。数学、化学、物理、记忆练习，一样不行。别人把某个问题放到我面前，而我却一窍不通。哪怕是文科领域，最简单的问题也会让我措手不及。我读不懂论文的题目，无论文学还是哲学。无一例外，我的理解总是有所偏差。我总是"离题万里"。不是因为我的想象过于丰富，或是我缺乏纪律，而是我确实做不到。我再三重读题干，依然理解不了。但其实（我后来才意识到）那些都是非常简单的题目。问题被提出来，清楚明白，只不过句式上有些必要的风格把一切都搅乱了——特别是作家选段。至于翻译这件事！结局很简单：各种错译我一个不落。有种思维方式、某种语气、某种眨眼般的迅捷是我所没有的。比方说，我记得曾经做过一段希腊文翻译，我花了整整两个小时也没弄懂句子的含义。我在字典里查过每一个词，比照语法确认了每个句式，但还是什么都弄不明白。耗了两个小时之后,我筋疲力尽、气急败坏,于是向身边人求助。有人走过来,瞥了一眼题目,然后,毫不迟疑地把句子给我翻了出来。我根本没注意到那句话一直到下一行才结束……

或许最终一切还是出于懒惰。现在,我依然会错过一些哪怕最简单的事情。某人给我讲了个荤段子,而我没有笑。我没有理解。别人和我说话,然后突然之间,无缘无故地,我不再跟着他的话走,不再把一个个词拼凑起来。事情完全分崩离析,我自然云里雾里。戏剧、电影、小说不停捉弄着我。我很快就迷失在情节里,记不住角色的名字,神游天外,几乎是在梦游。我错过了应该听到的内容,错过了应该看见的东西。为什么会这样?是不是我的智力有缺陷?某种功能性缺陷,就像是散光?因为我有自己独特的步调、创世神话、观察理解的方式?又或者我只不过是愚蠢?

其实,这一切或许都与意识现象有关。意识会孤立、分割。它会在综合总结的道路上设下重重阻碍。零散的词以独特的方式彼此呼应,唤起记忆,按我的意愿彼此联结。我有我的逻辑,而我无法容忍外来体系入侵。至少,所谓愚蠢,正是这么一回事。大部分时间里,我发觉自己活在某种梦境之中。反应迟钝。有什么东西堵塞不通,在恐惧与孤独里原地打转。当我如梦初醒，事情已经结束了。它们距我那么遥远，已经离我而去。而我徒劳地试图回到它们身边，瞬间完成的事情无法重复自身的举动，我错过了。

自然之景确实是美丽的。对此我永不会厌烦。我就这么看着景色,白天、正午、晚上,有时甚至是半夜,我感到自己的躯体逸散了,融化了。我的灵魂畅游在广博、无际的欢乐里,畅游在快乐宽广的黄色平原上,四周缀满高山、树木、溪流、铺满卵石的河床、蓬松疏散的灌木、坑洞、阴影、白云,受热膨胀飘舞的空气。全然的充实或全然的空无,我不知道,又有什么要紧?我的精神在此,紧攀着岩石的轮廓,树木的外皮。它与它共生,与我共生,它停驻在此,它是空间,是地形起伏,是色彩,是侵蚀的痕迹,是气味,是沙沙作响,是万籁之声。况且它不止于此:它是我生命的同辈人。

纯粹、精确的镜子,像是相片,不加修饰又无比复杂,土的碎片、树皮的碎片、我皮肤的碎片。土壤与皮肤是相似的。我在其上认出了同样的褶皱、同样的纹路,当它们彼此触碰,我分不出哪一个才是我的表皮。脆弱而柔软、温暖、冰冷、充满生机、变幻莫测,总是在逃离。窸窣的沙粒,腐殖土与青草浓烈的气味。富有弹性、层次,淌过熔岩般奔涌的血液无声的搏动,这血液规律的喷发,在体表维系着生命与颤动。我躺倒在你之上。你的血肉,也是我的血肉,将我滋养。我融入你的体内,融入你柔软块体的间隙,我被吸收了,无限地、完美地与你调同。直到有朝一日你我二者都在温热中逐渐腐烂,同归尘土。

激荡者的国度
国度你震荡呵,噢,一重又一重的黑墙
国度你震荡呵,噢,黑夜中震颤的声波
在巨型大提琴深沉的音符下
恫吓吧,击打吧,杀戮吧
派出你盲目的大军
去征服你所希求的一切。
箭矢飞向苍穹的一瞬
电梯上升
上升
上升
又有成千上万的小窗臣服
毁灭
死亡
喧闹嘈杂

残渣、凄惨、烟灰

煤炭将自己的灰屑贴满

陵寝的围墙。

飞翔已久的鸟儿

落下栖息,不再鸣啼。

在布满独眼巨人的黑夜绵延不绝的水流里

香烟未熄的火光微亮

而我的被单上

落上阴影的我的被单上

我一动不动,像一只眼睛

蜷缩在金字塔的角落

拘禁

自由

拘禁

自由

而我等着你,主人。

从冷和空的深渊而来,

为了附在我身,从时间里向我走来,

为了将我分解而来，

埋藏在我体内的精神，

精神，生硬的铁，坚冰，坚冰！

我徒然憎恶着你，你就在这里……

树木与岩石的强力

你，平静的强力

你将我纠缠……

我什么也不想听

自第一束光起黑夜便已侵入我身。

广阔的黑夜好像一座花园

带着你盘旋的魔石，

带着你无光无焰、燃烧的神祇。

被诅咒的图纸，你造就了我的身躯，我永远无法将你看清。

  我独自一人，我并不孤单。我聆听着……所有筑成我的沙粒，我都认得。怒涌的血、肌肉、多毛的四肢、獠牙尖锐的笨重三角形下颌。底层之人存在我体内。更有甚者，还有这片伤人的沙漠，像一阵热浪在我心底深处颤动，这片极白的、无垠的沼泽，这张灼伤与冰冻的裹尸布，这颗巨大的钻石。我感觉到了，那些刺入的铁，我看见了，那些秃鹫。它们折磨。它们毁灭。但现在，我已确信，若我想要获胜，若我想要夺取,若我想将我超然巨大的影响辐射四方,一切都取决于我!没有一个因素来自外部……

生命精彩,确实如此。可恐惧……仔细观察我,观察他人,便会发现不停上浮、咆哮、涌动、自我吞噬又生产的一切。怪物,怪物无处不在!从长满绒毛的洞穴缓缓伸出的骇人骷髅头,蜘蛛,爬虫,苍蝇,瓦工黄蜂,牙齿,嘴巴,触手,环体,淋巴,肠脏!肚子,贪婪的肚子!肛门!腺体!跳动的肉,流动的血,如水的恐惧,奔流不息,永不回头,只是拍打,拍打,推进,敲击,开辟它折磨与昏迷的道路!有时我们也想停下。有时我们也想转开目光。*可血含在万物之中!*一切都过于鲜活!不朽的夜啊,不存在的夜,头顶新鲜落下的沉静的冰,不同于血的无尽的夜,你不展示,也不吞噬,我常常渴望着你。休憩。对我疲惫的补偿,可以终结恐惧与欢乐的温柔平和,我所希望的便是你。每一秒都让我离你更近;你就在那里,或许,在尽头。我数着分开你我的脚步与距离。

这里的一切都身处某种丛林。地形起伏、感觉、运动，悉数在场。每当我即将感到快乐，恐惧便出现了。它们二者总是彼此交融，一同出现，仿佛同一种唯一的情感，在我体内回响。高兴得发抖又恐惧得发抖。怡然自得又痛苦万分。不存在某种可能的体系，不存在某种诉说真相的语言。一切过于含糊，过于混乱。词汇无法表达这两种合二为一的情状。既上升，又坠落。既是爆发，又是封闭。或许放弃对立才能获得生活的混合体：灰＝白＋黑。甚至不是如此。数十亿色彩彼此交叠，其中每一种细微差别都不可再得。

我从来说不清自己恐惧的缘由。它在我心中，越是追寻，这黑影就逃得越远。虽然如此，这些怪物却真切存在！它们绝不是诗意的创作！它们在我体内蠢蠢欲动，它们在万事万物内部增殖。它们在此。形状万千。丑陋的。夺目的。精巧的。凶残的。昆虫。百万千万的昆虫！将猎物活活蚕食的幼虫。吸取营养的寄生虫。它们不断繁殖。它们产下虫卵。雄鹿喉咙里的蛆虫。蛤蟆鼻孔里的蛆虫。母羊脑子里的蛆虫。太阳。潮湿。发酵。气、土、水。唾液。多么可怕的一切，我多么爱这一切。就像有人看见别人被攻击，血的场景让他怜悯也让他气血上涌；就像有人既想保护一个女人又想侵犯她；就像有人不堪苦痛却又以此为乐；令人窒息的生之谜，比肩上帝的秘密。一切皆不可理解。一切皆不成体系。也没有什么能够让人彻底遗忘。面对这场持续的溃败,人所能完成的最崇高之举,便是回望自身,有力而充满激情。转向自我,转向这个亦是他人的"自我",保持机警和谦卑。如果愿意便去效力,如果可能便去享受幸福。但永远不要忘记。永远不要脱离自身。因为悲悯而学会无情。总之,黑夜总会早早到来。每一分、每一秒都是事件。每一个细节、每一粒尘埃、每一道裂痕和褶皱都藏着秘密。必须去寻找。探究之人永不会超脱:正因如此他才有了幸福的可能。他可以向世界展开他的复仇。

但生活又是何等的挑战!相信人类代代终得幸福的人大错特错。即使有朝一日人类无所不知,他也永远不会知道自己为什么知晓。他尽可放下功利,却无法卸下死亡,无法抛去不可捉摸的过往。因为抛物线似乎成为人骤然赋予世界的形状。我们以为已经逃离的过往依然不断靠近。损耗并不真实。至于永恒!败落的重又发生,摧毁的重又建起。无极的两端,所来之处,所去之处,聚合一体:这般如何??? 我们该做什么? 什么都不做。投入存在之中。彻底沉浸其中,被欺骗,被凝视,被操纵,但始终活跃,直到生命中死亡到来的那一刻,对我们而言它是绝对的瞬间,对世界却无关紧要,对时间无关紧要,对接待了我们,又会招待他人的生活无关紧要。这一点,并不令人绝望;也不出人意料。事实如此。这便是*不应远离的事*。

保持清醒,是的,但到达哪种程度？意识一如语言无边无际。当目光从真实世界转向抽象的世界,一个人如果不知停止,那么他的目光必将让他迷失。他再无自由可言。四处皆是判断、理性、控制、妥协……

现实与空无之间的差异如此微小。我们落入其中。必须停下。必须退后。此处没有可以学习之物。清醒,眩晕,盲目。自我的危险领域,人在其中只知不断前进。与您脱节的自我可怖冰冷的领域……所能探寻的只有无数面的镜。

所有文学都是对另一种文学的拼贴。如此向前回溯,我们最终将回到何处？回到哪些隐藏的作品,回到哪些人类最初的歌谣与传说？连续性存在万物之中。没有什么可以把它打断。一切都是反射回响。面对这份不屈的力量,所谓过去、现在或未来的概念未免显得有些可笑。真正属于人的观念,归根结底,与人早早就形成的直观生活经验最相近的概念,便是永恒。事物、生命,甚至思想永存不灭,这一点显而易见。正如本能与行为代代传承,词语也一样。但这是否就是进步?当思想从一个人传到另一个人,从一个世纪传到另一个世纪,它是否不**断精进**?它变得不同了,这无可置疑,它不断调适自我。但它是否完善了?思想活着,不过如此,遵循着亘古不变却不可捉磨的循环。思想活着。它有**它的**生活。我们甚至很难构想这古怪的永恒。个体统统被标明,同时又被隐匿在蜂窝状的夜空中。人人向往的奇特曲面,其中的残损破碎又令人绝望。我是我。他人是他人。别人让我成为我。我带着那些好像真实的碎片思考:时间、空间、现实、色彩。至于真相,唯一的真实,那便是永恒,是无尽,是绝对,是不可见。

宗教伟大的美,便在于赋予我们每个人以**灵魂**。无论拥有灵魂的是谁,无论他是否高尚,是否聪慧,是否敏锐。他可以丑陋、美丽、富有或贫穷,是圣徒或异教徒。这无关紧要。他拥有**灵魂**。奇特而隐匿的存在,流淌于体内的神秘阴影,活在面孔与双眼之后,无人可见。人类尊严的投影,识别人类的标记,每个人体内上帝的印记。白痴愚蠢,但他们拥有**灵魂**。五大三粗的屠夫,部长官员,牙牙学语的孩童,人人都有他的**灵魂**。这个谜背后是怎样的真相?与财富、美或才智毫无干系的灵魂,不可见而不可知的灵魂,到底什么模样?居于每个人体内,让他们成为自己的这件重要之物,到底什么样?这无色无形的幻影,在血肉的躯壳里流动,如何既令人起敬,又让人**走向悲剧**?

自我体内不可抑制的力量,这欢愉与残酷的力量推动着你,让你活着、支配,变得贪婪、懦弱或虚荣。这力量来自我们自身,我们感受到它,它来自我们的每一寸身躯,又将之汇聚编织成不可言明的整体。它到底是什么?这份力量该如何命名?归根结底,它无须命名。它存在此处,它采取行动。它向存在射出箭矢,它同时便是一切,情感、理性、爱、本能、美德。不要与之对抗。顺其方向而行。我生命的动力、对抗虚无的符号、我在场的在场。盲目的爱、愤怒、才智,催生出其他激情,可怜冲动的信仰与逻辑!物种深层的力量,刻入我的内核,充实了我,鼓舞着我,让我前行,让我的心脏跳动,让我的隔膜张阖。容不下任何犹疑的赤裸裸的力量。我想完全理解的便是它,我想在哪怕一秒之间把握住的正是它。我觉得,若是这样,其余种种焦虑也会一下子迎刃而解,而终于扫去阴霾的大地之上,只剩下一个完整、无缺的我,一个胜利者,只有我一个,充满力量。

然而不可否认,尽管饱含张力,尽管已经清晰划下我必须跟随的道路,尽管拥有令人愉悦的不-自由,这份力量并没有方向。它是无目的的。一切徒然为巧合相连、组合,结构一体让我存续,这条道路没有所向。我行走,却不去往何处。如何描绘这一切?多希望我可以描绘出一支不是箭头的箭头,一支指向无物的箭头,不展示任何目标。未来,是的,但永无一物会来。某种无尽的太阳,光芒分向四面八方。起点,但也仅有这一个点。没有到达。没有港湾。星星。白纸上用粗铅笔划下的黑色线段,对它而言行进本身便已足够,同时包含了它的动机、演进与终点。一如所有真理,这个真理也无法描述。它在它的贝壳里,封闭了自身。然而世界中满满都是它。它不往何处去。它将我扔出,让我运动的同时又将我固定。仿佛漆黑天幕上一道炸裂的闪电,在奇迹般的瞬间展现出它炫目的、全然静止的轨迹,这轨迹生于无物,也无物可以将它消除。

仿佛一道杀死时间的闪电。

在场。

一切皆是节奏。理解美,便是成功让自己的节奏与自然的节奏相合。每件事物、每个存在都有它独特的印记。它身上带着自己的歌。必须与之同调,直至融为一体。而这一切不可能通过个体的智性来完成,而需要全体的理解力。触及他者,奔向他者,转回他者;这便是模仿。首先成为自己、认出自我,然后模仿周遭围绕着您的一切。

节奏不必然存在于文明之中;向世界的回归也不是向着原始主义的回归;人为自己创造的世界也是"自然":冰箱、汽车、飞机、路桥、水泥建筑,不是装饰;不是镜面。它们活着,有各自的生命,它们给予的与它们获得的一样多。大河、森林、山川并不比它们更珍贵。存在的大地之上,人的发明不再需要被发明。它们属于宇宙的图景。城市与机器的节奏或许还有待发现;但它已经与人的精神、实用逻辑相分离;它在此之外。之外。

这不仅是群体的事业。它也是每一个,孤立地,被联系起的个体的追寻。它是每个生物的完整作品,是理性与本能的作品,建立联系、实施教化,不去驯服,而赋予自由。它或许才是唯一真正的育德之作,为了生存,也为了奋斗而成。打破冷漠,让人诞生、生活和死亡的作品。理解节奏。谈论世界,从今天起。重新与迷醉的大地相连。让表面的噪音之中飘出温柔而有力的乐章。

为了真正揭开书写之谜,必须持续写作,直至用尽所有力气。思考,并用符号将这种思想确定,不止不息,直至陷入昏睡、昏迷,或是死亡。这才是唯一算得有说服力的经验。从此往后,只须缄默不言。

毫无疑问,有无体系并无要紧。综合总结,又有何用?所谓系统,人各有之。随着年岁增长,人自然而然便会形成体系;这是他的护甲、他的外壳。它并不是对世界的理解,而是一种自卫的途径、一种不去理解的方法。野蛮人、上等人、诗人、医生、妓女,各有各的体系。当然了:他们步入成年,有过往的经历,构建起自己的历史。他们不再走向他人、走向世界,他们已经穿上了他们的外皮。这并不源自内心深处。这并不是一种内在需求。目的更多是征服而非说服。这便是我们所谓的工作。财富。家庭。道德。不过是一种方式,让人获得一个姓、一个名、一个地址、一份职业、一个身份特征。

没必要思考生命的整个进程。整体说明不了什么;重要的，是细节。生活中的一瞬；却是过去与未来极其丰富的一秒，足以说明存在本身。

至于我，我希望在每个人身上找到的，是一种脉动，是规律而灵活的律动，让人与时间和世界同步。于是我也与他步调趋同，聆听他，观察他，探望他。为此，我宁愿不去关注他的思想。我所寻找的是一种结构，是对*他*的真实的表达。一副骨架并不足够。每个人都有他的旋律，别人听不见却可以识别的曲调。在尝试捕捉它们的过程中，我也在为自己的乐器调弦。哲学若不在某种程度上成为一种祈祷，便对我毫无吸引力。

转向何处？看向哪个彼方？种种沉默、种种说出的话语、种种举动，为何存在，又为谁存在？必须重新找回它们的关联，找出它们的矛盾，演进，流逝，*回归*。归根结底，一个存在，并不那么复杂；某种程度而言，它只关乎一秒，一个多面的瞬间，完整而不可剥夺。

冲突、绝望或焦虑，比之内部关联与生存的意义，并不那么有力。因为还存在某些不可见的联系，某种属于有机存在的连续性，凌驾一切之上，是唯一重要的事。精神崇高的表达、（自认为）统领一切的观念与思想，都让我觉得无聊；另有别的表达，别的理解，别的思想比它重要千万倍。比如十万年来，而不是十年之间，人类种族的成就。那些让人精神凝聚的缘由，它应该是深层的、本质的动因，类似某种腺体分泌物。人自杀，并不是因为生活荒诞，或是惨遭抛弃。这些理由是后来的，不过是毁灭与失衡的借口。人发狂并非出于绝望。但当生命的长河突然干涸，当滋养所有思想的不知名汗液流尽，当这节奏、这血脉、这内心的温柔抵抗被打断，只有在这时，人才会死去。

真正的苦难并不出自理性范畴；这就是为什么语言永不能将其表达。它们的发源处更低，直指我们身体深处，乃至我们从来意识不到被切断的是什么。当我们想要表达这一切，我们只能依照结果、依照回声组织词语。而对内心的斗争一无所知，我们上一秒才遭遇全面崩塌，下一秒就想在废墟之上重建全新的建筑，恢弘、高效、高耸入云。为了看清令人炫目的峰顶，我们忽视了基石。我们的脆弱是抽象的。但为我们奠基的是怎样的巨石呵！我们精神的初次震颤是怎样晦暗稠密，里面包含着怎样的强力与秩序，在那里，思想尚未与器官分离，就好像一个切实可触的符号，即将被阅读。

我无法忍受动物的眼睛。这条狗的两只黄眼睛,毫无征兆地,落在我身上,直白而明亮,它们让我动弹不得,不得不转过头去,一股恐惧与不适在我心中升起。它们看着我,就这样,在这张野兽面具上一动不动,而我心中塌陷出巨大的深渊。我感到这个陌生物种压迫而来的好奇、无礼,又或许是残忍无情。它想要什么?把我吞了,或是将我赶出它认为属于自己的领地?又或者它在寻找什么人?我让它想起了什么?关于它认识的某个人的模糊回忆,或是心底里涌出的一股愚蠢而恶毒的古老恨意?它在我面前亮起自己虹膜的两盏浅黄色射灯,无需什么举动,便迫使我后退、低头、看向别处。它盯着我。它击败了我。如果它是个人,我可能会生气,我可能会用眼神回敬他;我可能会试着反抗;但在这双狗眼睛面前,我已经不战而败。我羞愧,我害怕,我因害怕而羞愧。它们那么苍白又那么明亮,它们如此深沉又如此坚毅。就像两颗透明玻璃球,清楚明白,它们将椭圆瞳仁的两根黑色立刺转向我,就像两根枪管。还有这份伴随目光的沉默。它是陌生者的面具,由静止与意识构成。富有人性、过于富有人性,但不包含丝毫令人平静、给人希望的因素。窥伺着的狼的眼睛,在阴影中射出黄铜色的光芒。魔蛇的眼睛。猛禽的眼睛。野牛充血的眼睛。闪着荧光的眼睛,仿佛它已经切开伤口,已经看见了喉咙下面跳动的动脉,从那里,鲜红的血将同生命一道汩汩喷涌而出。生吞活剥的眼睛。它们已经脱离了这张鼻嘴修长的脸庞,就像空无中两颗星辰一样展现在我面前。全副武装,闪烁着暴戾的光,冰冷,如此冰冷,令人不寒而栗。

有时,猫也会在太阳底下抬起头,面对面静静看着我。它们直看向我的灵魂深处,两只水一般的眼球光滑透亮、翠绿、布满金色的星辰点点,美得仿佛要将我置于死地。而在它们面前,我即刻便融化了,变成一摊软糊,一摊肉泥,一只挣扎的小鼠,这只怪兽只需一脚就可将我踩扁在地。我是否果真这般属于一个弱势种族,一个受害的族群,一个注定被吃掉的物种?

动物清澈而残酷的眼睛,已经采取行动的眼睛,在这里,思想不再是某种转瞬即逝的美妙恩泽,阳光下一道闪光之间,它便可扑身上前取人性命,并用铁爪将猎物撕碎。这双眼睛让我于寥寥数秒间,瞥见了那个可怖而空无的宇宙,其中各种躯体悄然移动,窥伺潜伏,游荡,相互残杀。这宇宙不属于我,我也并未真正进入其中,无边而清澈的宇宙,其中无一物有言,无一物温柔,无一物平和。

我的心脏是最令我忧心的器官。我时常好奇，密封盒子里的这块小小肌肉，如何能够跳动。它为什么从不停下？是什么力量让它如此搏动，规律而有节奏，并将那红色的血流抽向我的四肢百骸？这些纤维中存在某种东西，一阵微小的电流，瞬间穿透其间，让它跳动起来。但命令它的并不是我。我甚至感觉不到它。它可能不在那里，又或没有移动，而我甚至不会察觉；运动变成一种习惯，只有静止才会引发痛感。奔跑的时候，或是害怕的时候，我会注意到内心的这阵悸动，甚至可能意识到胸中那些细小的收缩。习惯消去了痛苦。我多么想记起，这块肌肉在黑暗中刚刚开始律动时，蜷缩在我的海水浴之中，我最初的感觉。

或许也正是从心脏里，传来那种无声的、令人心慌的颤动，它好像一阵几不可察的杂音，不时穿过我所有的细胞，这份身体深处的颤动直抵甲板，告诉我我现在身处的船只涡轮运行正常。

聚合我生命的结构多么怪异而令人眩晕！为什么有千百万个躯体的我，会觉得自己只有一副身躯？是谁欺骗了我？是不是语言，用它的黏合剂，制造了我的世界？我看。我听。我触。我尝。我感。虚线在何处？肯定有什么东西是我可以单独察觉的，一些细节，一些断裂，告诉我我不是一个单细胞生物。肯定有某种方法能通过我的躯体找到世界之路。我身上某个不为我所知的部分是否已经死去？不。它过着外乎于我的生活。它活着。怎么做才能走向它，并由它走向世界，而不唤醒我的意识这条愚蠢的看门狗？它会不择手段让我成为我自己。

未来

在我面前,透明的天空在地表落下自己的深井,在我面前,以太游弋于巨大的空无,在这片千百万光点缓缓旋转的紫罗兰色,这片冰原,这片深紫里。这便是我所在之处。我休憩于广阔的玻璃原野,任由自己逐渐被覆盖。我长出了翅膀。不知不觉间它们从我脊背里生出,巨大蝴蝶的玻璃薄膜。

千百万事物有待倾听。

千百万事物有待观看。

千百万事物将要在我如水的皮肤上颤动。

世纪一个又一个前行,像被牵引的牛群,角与鼻嘴相差无几。我身上有当下一刻悦人的无限,在我体内硬化,一颗在我身体里闪耀的真正钻石。我身上有旋涡的碎片,闪电般旋涡的碎片,在我体内,千真万确,就在这个什么都不是的我的体内,渺如尘埃的我的体内。怎么可能如此?我属于世界的历史,我突然拥有了这份惊人的重量,它落在我身,让我有了灵魂!

为此,我便不会死!获胜者终是我!

我,虽然不敢置信,已经用我微小的生命改变了时间。

我曾是一颗钉子,嵌在此处。千年之后,当人类推翻了如今真实的一切,大地之上我将荡然无存。一无所存,无论一点思想,一个符号,甚至是一寸白骨。然而,那时我依然活着。我依然存在于运动的微粒中,还可以改变事件的轨迹。这便是生命惊人的力量,曾经活过一日,行动过,便生生不息的力量。唯有它让人甘愿现世,在痛苦中被从某个女人的腹中抽离。想象永不可能具化这个奇迹。我的品德经久不衰。我的生命从某个我不知的原点出发,天神般,将它的触手伸向各个地层。我远在,远在我之前。我触到未知的面孔、未来的山峦、新生的火山。我穿过陌生的大洋。我在昆虫的文明中苏醒。一座座水泥城市,弯曲而柔软,地面上布满人的洞穴。穿过战争,越过火与岩浆,远在此之后,远在此之后。我发明未来的歌谣,我创造不可想象的艺术,我写下神话之书、画出神话之景:我是一条根系。此处,是成就,是果实,彼处,一切尚是种子。我的词语多么重要!我的举动多么神圣!每一个有生命的碎片都因它的命运而膨大!奇特的此刻,自分娩的最初征兆起便开始膨胀。

衰老,一切都在衰老!

死亡永不会到来,虚无温柔的铁锤永不会回落。这难道还不足以把您逼疯,这难道不正是苦难的真相?是谁说世界毫无意义？我们都是神明，这难道还不够清晰、明了？在我的种群里，在生的国度，甚至无生命的世界里，我繁衍。四处皆有我的儿女：那儿，在铁里，在水里，在空间里。熔铁之子，铜之子，狗和鹦鹉之子，我在聚酯纤维和盐里诞下的小孩。后代，所有后代，都属于我，都凭着我从别处得来的微弱力量跳动。经过、逃离，无穷无尽亦无望的水平道路。我是谁竟有胆量去寻找这无理的世界？我有什么权力去索求？所有这一切都在我之外，与我发生，而我所能做的只有沉默。

而我自己，有朝一日我又是否会归来？

是的，我知道，很快我便会回归元素的小舟，而所有碎片都将四散而去，独自过活。曾经我认为属于我的、终将湮灭的一切，其实不过是一场相遇。一场时空中注定的简单而短暂的相遇。且这场相遇并不纯粹。它让我成了小偷，因为穿过一个又一个世纪的腺体和肚肠，我从这里拿来一点，从那里得来一些。所以呢？所以呢？轮到我的时候，别人又有什么理由不这么做？

我竖起耳朵。我躬身向我，于是我听到了，当我将生命封入自己体内时，非我所愿，却为我所剥夺的声音。

（文学家、哲学家、电影艺术家、科学家、技术员，所有人，都有自己的世界。有一种体系和一份职务。每个人，每个僵硬、衰老的人，都会建起他的铠甲，并在其中自在行动。他们有自己的价值体系，自己的关键词，自己的主题，自己的定义，自己唠叨千遍的答案，自己的习惯，自己的口头禅，自己的思想，自己的姿态。他们在各自的天日下做出判别。有意识，无意识。伟大光荣。反复无常。害怕变成白痴。除去完美无缺之外不展示任何缺点。钟情胜利，哪怕是毫无挑战的胜利。厌恶质疑。逻辑清晰。只有他们自己居住的小小孤独星球。人人都有他的体系。他们逼迫自己信任自我，钦佩自我。人的一生不可以毫无用处。不，不，它必须起到些作用。不然就太过绝望了……）

火球般自转的时间，让想象成真的时间：并不在我对面，也不隔着一层玻璃——它切实可触，存于每个实在的物体之中，光芒闪烁地活在钻石之中。

年月、世纪,是否真的重要?地球表面我的消失,是否真的重要?不,我察觉到了它,它就在此处,当我看着它,它也望着我。强而有力,好像一张人脸,我以为是别人,但又明白这肖像是我自己,它不欺骗我,也不再以它惊人的距离拒我千里。

我看见了它。我看见它好像黑暗中亮起微光的井底,这光芒指引我走向它。既然我已知晓它的存在,距离有何要紧?我的纤维触到它的纤维,于是深渊被消除了。或许正是这一点将赋予我理性。或许正是这一点会让我*停止憎恨*。我靠近了。正如亘古的时间重又变得近在咫尺而温柔,而我将它们纳入理解的领域,未来的空无同样会让位于确定。只须估量距离,距离便会消失。数下一天,一年,一百年,一万亿年:这样它就会从枝头落下,成为我双唇可及的果实。甚至数字已经不够:我到达无法命名的时代。我身上有这个世界的尽头,以及生命向别处的回归。此刻大获全胜,它建立在两种无尽之上,其中之一正在远去而另一个正在到来。须知凡写下的事物便不可清除。我们所有人,带着我们的蚁穴,我们幼虫的巢穴,构建起前进的金字塔。顶端,生命始终统领着一切。

活着,这并不简单。它意味着成为顶峰。巧合不存在,也没有外部因由。此刻是不可压缩的无限,在这个瞬间里,我们不是梦幻。我们是作品。大写的成品。

身处顶峰是何等无名的狂喜。但死后与生前同样充满力量,承载物质的物质的力量。高山上撕扯下的石块,从压在它身上数百万吨的重量中解放出来,突然炸裂。

无论如何,这里的每一物都是真的。它坚硬。它实在。不存在想象之物。无论您如何做,无论您如何想,此在的都是钢铁。都是岩石。

无论从哪个角度而言,我永远无法描述,甚至无法构想,不存在的,我不知道的事物。存在,便是看见。眼睛如何能看到它无法看见之物呢?

可这种种局限为何令人绝望?我们是否真的需要平复疑虑,创造天堂?这是否明智?是否准确?

一点真相,对人类而言这肯定是必要的。既然天堂无用,世界之外无可希求,何必在抽象中苦苦追寻?对我而言,只要活着,我需要的便是生活的广阔环境。此刻我在顶峰,千年之后,自有他人在顶峰。我要因此嫉妒他们吗?这件事是否真的值得不无道理地慨叹,慨叹说"你会死去,确实如此,不过你的巅峰将在别处继续生长"?

无目的,但并不意味着荒谬。水无目的,风无目的。创作是没有理由的。大地、太阳、银河没有目的。京巴狗、海马、鳄鱼,又有什么用?还有毛茛,还有菊花,又有什目标？我倒想知道什么物体、动作、思想或自然逻辑的形式不是无故而成的。当然，它们也有用处。它们在各自的系统里是有用的。它们参与。它们创造联系。但它们的天性里，除了成为它们所是之物外，不存在任何其他的目的。

而这种无目的性是美的，恰恰如此。它既是起点又是终点，是正在发生、自给自足的上升，无所谓诞生的缘由，也无须经停休憩，只是完全被自己的气息所鼓动，因动力而攀升，成为动力本身。

除此之外一无所知的人类，正应在此处，探寻美的平和。他须有万分勇气与极度天真，才能接受这徒然流逝的景象。这既不悲怆，也不伟大。它着实毫无意义，而人在其中也不过是个无关紧要的元素，不比其他更有用或更无能。

如此便达到了最高的知识。如此便是无动机的前进，这行动，只因它是一种行动，便不可逆转也不可摧毁。但这确实再简单不过；为何要进步？为何要完美？人为何奋力斗争，为何想征服未知的领域？为何有这份好奇？发现、完善都是不止不息的运动。因建造的宿命不断搭建，永不可停歇。这一切并不通向何处。发现的实用性只在激发探索的冲动之后才出现。精神无目的的上升，旅行着的旅行,与生命的运动何其相似。不由自主被横向主路引导着的支路。轨道。前不见一物,后不见一物;两端深入时间与空间未知的无限的直线,可见的简短向量漫步其上。谁又知道这条道路如何,他所来的道路,他要去的道路? 谁又知道他生活的肥皂泡之外,由意义划下边界的奶白色球体之外的世界? 彼岸的回声若是存在,若是真的可感可察,恰应在此处将它们寻找。应在此处看到未来盘旋、过往匍匐前行于我们躯体的物质之中,一切可被阅读之事都已被写在这里。景-人的喜悦,兽-人的喜悦,天-人的喜悦,如狂的喜悦。

我的生命可持续的永恒,栖在高处,高高统领着它的国度。而后,某日,阀门关闭。但我体内死去的永恒依然永恒着。

现实实在无穷无尽：每件事物都在此,熠熠发光,深深植根于它的天性。线条画成,色彩闪烁,强烈地,温柔地。每一样都看得见。一览无余。固定不动,可憎又美妙地固定不动。应该——细数所有在此的微小物体。这才是时间理当被构想的方式:不按分钟,不按秒钟,而是——

玻璃烟灰缸和一粒粒烟灰

凹凸不平的硬币

生锈的罐头盒

金属打火机

塑料仿鳄鱼皮钱包

用完的圆珠笔

新安眠酮药片纽百吉(Nubalgyl)

  (甲氯喹酮……30 mg

  可待因………10 mg

  乙酰水杨酸…330 mg

  赋形剂………足量)

小火柴盒——红色,牛仔帽图案,盒子内侧,六根剩下的红头火柴对面写着:

  三千里好客路

   酒店商场

弗雷德·哈维①

餐厅

从克利夫兰到大西洋岸

放大镜

1748年版莎士比亚

10兹罗提硬币，上面印着伟大者卡齐米日大帝的画像②

滴管

橡皮

包罗万象。万物在此。在场，沉浸在绝对精确不可战胜的快乐里。无所谓富有。无所谓贫穷。只有现实平展的图景，好像一张刻画精美的画作，好像一张写满文字的纸，蜷曲的符号在其中展开，而我，虽然这事无可言喻，却千真万确，我，连同我的思想，连同我体内封存的死亡，我不是一座山，我不是一朵云，但我也被标记于它们之间，融为一

---

① 弗雷德·哈维（Fred Harvey，1835—1901），美国企业家，开创哈维连锁餐饮企业，向美国西部铁路沿线乘客提供集餐饮、住宿、购物、旅游于一体的综合服务。此处火柴盒上的文字为英文。

② 兹罗提（zloty），波兰货币单位。卡齐米日（Kazimier，1310—1370），即卡齐米日三世，波兰皮雅斯特王朝国王，因其统治期间成就获"伟大者"（le Grand，又译"大王"）称号。

体,居住其中。我即是我所是,既无过往亦无未来,只有流逝的时间,只有我的真实,何其短暂,描述精准,四周围满事物,我也有我的近邻。

为了尝试阐明这点,我要说:在无限大与无限小之间,还有着**无限居中**。

但愿我能描述出这种平白。但愿有朝一日我能写出这个充满微小冒险的世界真实发生的一切。笔调温柔,也许吧;或者言语冷漠。它有时也会向我现出真容。我明白了应该拒绝天空的诱惑,拒绝深渊的诱惑。空间过于宽广,而城市是窄小的。还是找出那把熟悉卧室的钥匙,那里有我认识的家具,破了洞的旧床,带着霉味与甜味,留下人和动物的痕迹。还是去数一数裂缝与苍蝇。数清那些灰尘。赋予烟灰缸里的一撮烟灰它的真相,让烟头成为烟头本身。

别碰任何东西

像收拾行囊那般整理出自己的肖像;选好几双袜子,几件尼龙衬衣,羊毛毛衣,叠好衬裤与背心。然后,在最上层放上最平整的物件，书、纸、信封。一张意大利地图，或是伦敦地图。最后，关上盖子，拉上拉链。就这样。准备就绪。

给窗台上的鸽子喂食。选块放久了的老面包，在石板上掰碎。几分钟，或是几小时后，鸽子来了。它们相互推搡着，在空中使劲扑棱翅膀。然后它们沿着窗台小步行走，从头到尾抖搂身子。它们微微颤动。尾巴平展开。时不时，它们会用一只眼睛望向晦暗的房间深处，那是只极黄的小圆眼睛，中间凿开一个黑点。又有时，不经意间，它们会拉出沾着羽毛的绿色粪便。

其中一只比其余都强壮。它涨粗脖颈，挺直背板，摆出威胁的姿态，好像一只雄鹰。它用嘴猛啄，驱退别的鸽子。它把它们赶向空中，不停挤撞。一旦地界清静了，它便饱餐一顿，填满胃袋。嘴尖上还粘着残余的面包屑。它也朝屋子里看，不过是为了警示。为了战斗。

窗台上还是留下了另一只鸽子；或许是只母鸽子。它躲在窗户另一端，瑟瑟发抖，捡拾着雄鹰落下的残渣。它很瘦弱，没几两肉，羽毛上布满黑白斑点。它的长腿很红，坑坑洼洼的老嘴底下长了个疣子。它的脖子因为被反复啄击变得光秃秃的,而它时刻准备着飞离。就像一只鹊鸟。

窗台上,鹊鸟和雄鹰,两只一道,吃着面包屑。

或许竞争精神才是西方思想前进道路上的最大阻碍。为什么人们总想做得更好?至少,想要做得更差不也同样有趣吗?我们为什么尊崇创新,钟情于为屋子添砖加瓦?即使这世上真的有过最初的真相,现在也应该早就被埋入成堆的碎屑、废物、垃圾、剩货、残余、废渣、注释、评论、杂物、词语、词语。我们做得已经太多,乃至当下要做的不再是理解或学习,而是剥离,是放弃,是消解。晦暗积压,笼罩世界,已有数个世纪。上帝何在?藏在哪种人类智慧与文明的星团之后?生命何在?真实又怎么能通过加法求得!我们必须杀掉多少代哲人、数学家、文学家、诗人、神学家!必须祭出多少体系、道理,才能明白这个简单的问题:

沙滩上,一个男孩朝太阳伞的铁柄扔石子。有时,他扔准了,于是石块敲打金属发出响声。游戏结束时,我们能否认为被扔出的石头遵循某种节律？比方说，每十二次投掷中，就有一次击中目标。又或者，我们只能说"事情如此发生。仅此而已"？

苍蝇谋杀案

我走近餐桌时看到了它。那天夜里,十一点差一刻的样子。餐桌上方,电灯泡明晃晃地亮着,灯光是黄色的,稍微有点脏。我盯着停在桌子上的苍蝇看了一会儿。它在一期《时代》杂志封面正中央,一动不动。它落在一幅蓝绿色的图画上,画面是一个人的侧脸。封面顶部,在一条红色色块旁边,用白色字母写着:

时代杂志

周刊①

苍蝇很不显眼,这个小黑点几乎和图片上的深蓝绿色融为一体。要是这张有光纸上,这一处,再多一些阴影,或者要是这期杂志的主题是全国哀悼,那我可能压根就看不到它。它大可以几秒后飞走,停在电灯绳上,安然无恙。

可一切都太迟了。我已经看见了它。

我不动声响地走开,找到一份卷起的报纸,然后我回

---

① 原文为英语。

到原处，希望苍蝇已经不在了。但它仍然在那里。

我端详了它片刻，手里拿着报纸，没有动。我看见它生机勃勃的躯体，精致发亮的翅膀，肚子上的绒毛。我又看了看它的脑袋，那个小小的红球不过是只眼睛。我感觉在我四周，这间空房，这间四角阴暗的卧室无限大，家具成了庞然大物，天花板泛白，窗子洞开仿如天空。它和我共同居住在这里，此刻、今夜，它和我共享这个房间。它在此处落下微型的小脚，它喝过潮湿空气中的水珠，它将细弱的长嘴浸入落在地上的果酱残渣。在房屋四处，它产下自己的卵，在灰尘里，以与死亡相抗衡。

杂志封面上，苍蝇挪了几步。先是向左，随即停下，接着它又向右侧移动。

电灯泡的光落在它的翅膀上，落在五彩的封面上，落在餐桌边上，反光强烈又粗糙。

世界扁平寂静，而这只苍蝇停在此处。好像它已经在此多年，在这间卧室里，在我面前，就在这精准而平静的一刻。从未出生，也永不终结。

然后我感觉它要飞走了。房间里，威胁与恨意骤然涌起，极其浓烈，来势汹汹，它不可能无所察觉。就在我的身上，一切统统面目可憎地坚硬起来。就在我的手上，我缓缓、缓缓举起武器的右手里。眼前，杂志嘈杂的封面上，苍蝇依然纹丝不动,好像一颗充满生命与悲剧性的陨石。一个黑色的、痛苦的点,眼睁睁看着我,感到我向它逼近。我是突然耸起的高山,活生生的血肉之山,带来伤痛与死亡。

我干脆地猛拍下去。

然后我拿起杂志,上面那颗肠穿肚烂的黑粒滚动着,挣扎晃动着破碎的细腿与翅膀。

我把它扔出了窗外。

对幸福的理解是种典型的误解。为何要追寻幸福?我们为什么必须幸福呢? 一种如此宽泛、如此抽象,又与日常生活如此息息相关的情感能从哪里汲取它的养分?无论一个人如何看待幸福,幸福不过是人和世界的一个协定;是一次道成肉身。一个以幸福为主要追求的文明注定会走向失败,变得夸夸其谈。理想的幸福是站不住脚的,一如完美、绝对的爱,或完全的信仰,抑或永恒的健康,都是站不住脚的。绝对是不可实现的:这个神话在清醒的头脑面前无处遁形。唯一的真实只有活着,唯一的幸福便是知道自己活着。

普遍化、神话、体系化,无论哪一种,其荒谬之处,都在于妄想与生活的世界决裂。仿佛这个世界还不够广阔,不够可悲或可笑,不够出人意料,不足以满足激情与智力的苛求。人类的交流方式如此贫乏,人却还要将它们扭曲,使之沦为谎言诞生的源泉。

如此欺骗自我,他们又想欺骗何人?为了哪种荣耀,哪本哲学教材或词典,他们炮制出这些漂亮的理论,这些抽象而浮夸的体系——这些系统全不紧凑、精确,其中一切都在浮动,封闭、无首,浮动在智力的绝对空无里,而知识、文化与文明星云般的波涛却渐行渐远!

为了不随波逐流,必须奋起反抗。做到这一点很简单:从最不寻常、最不知名的人里,为自己选一位思想导师。然后搭起脚手架,用完全相同的原料,重新建起被犬儒主义推倒的大厦。人类思想的历史,十之有九,都是徒劳的积木游戏,各种零件不停更替,磨旧,损坏,有的是伪造的,有的则尺寸不符。多少时间白白逝去!多少生命徒劳无功!其实,每个人或许都应该彻底重新开始探险。而发生过的每一分、每一秒都有可能完全改变真实的面貌。

不存在,不存在绝对之事。思想令人眩晕的运动,无始,无终。不存在**解决方案**,因为显然问题也不存在。没有什么被提出。宇宙没有密玥;没有理由。认识唯一能做的便是不断连缀思绪。它们给予了人觉察宇宙而非理解宇宙的能力。

但人绝不会甘愿接受这个证人的角色。他永不可能向极限低头。于是他继续归纳总结,以便与他认为充满敌意的虚无作斗争,与空无做斗争,与他视为仇敌的死亡做斗争。

为了承认极限,人必须干脆地承认,在文明与体系中度过的无数个世纪里,他不停欺骗着自己,而死亡正是他这场演出的终局。他还必须承认无目的才是唯一可能的法则,他的认知行为并非一种自由,而是一次有限的参与。他永远不会有力量去拒绝目的论诱人的力量。或许他也隐约察觉到,一旦放弃了这股主导能量,他也就扼杀了自身体内前进与腾飞的冲力。因为,说到底,一切都在*此世*发生。固然他有选择,有自由,但他终会分崩离析;任由不变、不动、不可言喻的晦暗浓雾回归世界,他将在与世界的和解中闭目塞听。当他睁眼注视,他的宇宙尚能在催眠状态下得以维系;可只要某一刻他低下眼去,混沌便会重又降临其身,将他吞噬。

有朝一日,他终不再是人的世界的中心,于是事物增厚,词语粉碎,谎言再也无法支撑的建筑,轰然倒塌。

幻术师。幻术师。或许有朝一日你也会在不幸与死亡间犹豫再三。而你会选择死亡。

至于被绑在座位上的观众,他们亲眼看过面前这部美丽又骇人的电影,经历过它,当"剧终"的时刻来临,他们又怎会不愿意简单干脆、心平气和地离开？他们何必要继续困在自己的座位上，绝望地，希求在逐渐黑去的荧幕上，会上演另一出更美好，更可怖，永不终结的演出？

存在我们体内，随我们身体蜷曲，复又张开，支撑着我们的每一种思想，活跃于每一种力量、每一种欲望，仿佛一道从未知空间深处而来的水流，源头不断逃逸，在我们之前，之后，之侧，我们真正的道路，我们真正的信仰，我们身上，与生命一同显现出的希望唯一的形态，**不幸**。

我们奋力斗争，我们挣扎着逃出泥潭，我们为几秒钟无尽的自由头破血流。但它在此。它的深渊无处不在。它的巨口不可胜数，四面张开，要将我们吞噬。前、后、左、右、高处、低处，未来凝固不变。所有道路回到原处。所有道路都通向不知餍足的洞穴。明天是此日。昨天是此日。远方，许久，反面，底部，皆是痛苦的阀门。

沉默与停歇中才有唯一的和平。但它何其短暂；人无法长久保持静止。迟早，他都必须向前一步，或向后一步，而等待着这一刻的空无怪兽不会让您逃离。它捉住您,它让您重新看到地狱,时间、空间与敌意的地狱。

欢乐不长久;爱不长久;平和与对神的信仰不长久;唯一经久不衰的力量,只有不幸与怀疑。

意识与理智的面貌模糊不清。它们的疆域变化不定，其中充满光影对抗，所有事物的存在方式都不唯一，而有成百上千种可能。凡是曾被思考过的事物，换言之，即是意义范围之内的事物，没有一个可以逃脱怀疑的法则。就好像当物质撤离到一定程度，精神便拥有了完全的行动自由，可以任意混杂、分析、联系或分离。演绎思维的第一模式难道不正是"正反"二分吗？

以黑证明白，以存在证明思想，以黑夜证明光明，以谎言证明真相。至高的证明，即是以物印证物的证明，并不存在；或者说至少，我们的理性精神认为它是不充分的。它挣脱了秩序。它惹人不安。基督教神学家们未能找到上帝存在的更好证明，只得讨巧地（也是无用地）说："如果不是上帝，还能是谁呢？"

也许思想与最低等的生命形式并非相去甚远。二者遵循相同的法则。生命在于战斗，在于为了至高的无用挥霍精力。这种徒劳之举中伟大、英勇的美，我在人的精神领域同样可以看到。它似乎也是这般，走向一场又一场内心斗争，顽强站起，重又倒下，循着与身体同样的变化，衰弱、败落、死亡。无意义，始终毫无意义。但这灵魂的无意义并不比细胞的无意义更加轻贱。它们其实是相同的乌有之物，同样的缺席-在场，同样令人窒息又将人赦免的循环。人的精神无法如它梦想的那般,从无穷走向无穷,它必然会走向自身,在不可见的中心上缠绕,直至精疲力竭。

而这二者又彼此相连。精神与生命是发源于存在的两种亲缘形式,接收着相同的指令。不幸就这样深深植根在我们自身深处,一如怀疑,一如流浪漂泊。它们是不断出现的模糊信号,证明我们还在**前进**,我们依然幸存。

和平不存在。无论对我们的身体还是思想而言,和平都不可能存在。而一旦想象的无垠之地为我们打开,一旦我们觉察到自己已经投入战斗,我们便隐秘地了解到了这一点。我们与自我完美的同一性。让我们深陷悲剧的泥沼、不可自拔的同一性。辱人而神奇的同一性。我们用自己的体系,用美好的愿景,用想象的天堂筑起高墙;我们住进幻想的房屋,我们寻找一处不动、不求、不知苦痛之地。但正是在那里,我们明白:此处没有出路。我们永不可能成为胜利者。我们找不到避难之所。唯一能做的只有慢慢认识、发掘、接受自己*痛苦*的领域。

更何况,有朝一日,或许,静止也变为可能。悲剧被揭示,直至最微小的细节,生命倏然展现在我们面前,好像一件完成之作。

每一道阴影都凝固,每一寸光都在它不变的光明里烈烈闪耀。

是的,有朝一日,或许,这景象终会到来,因为我们自身,或是出于其他原因,而我们将知晓不幸中通往幸福的入口。这片无边的战场与苦难之地将是我们明媚的风景,我们的力量。混沌从万物中倏然退去,于是我们终于看见,在它消失之后,一切恒常不变。万物静止不动。物品,一出出剧目中坚实的物品,成堆的未被满足的疑虑与欲望,从未导向任何确信之物的先验图景,凡此种种都将让位于平和,让位于无边无际的善意。光明将不间断地存在,而思想不再是与世界抗争的武器。我们将在那里,和谐地存于现实里,与现实等同,交流,扩散,被栖居。我们将知晓一切,不会希望,不会绝望,只是平静,**平静**。生命流逝,没有痛苦,没有仇恨,精神也同它一道在这片景象中静止不动,彻底满足,再不去别处寻找它终于呈现在自己眼前之物。一面石灰岩的山坡,昂然挺立,白得骇人,这般凝固、稳定,仿佛一切运动、一切时间流逝都嵌入了它陡峭的表面。或许这便是届时某一天等待我们的景色。回归物质的美妙光景,将我们引向某种精确的梦境。我们再无须期待。我们将栖居在图画里,在画谜的中央,在不解之谜的中心,而一切问题都会从内部消解。那一刻,虚荣也会是一种美德。

陷阱

在一根有些枯黄的高草秆与一棵棕榈树的树干之间，蜘蛛拉起一根丝线。然后它织起它的网。首先勾画出一个不规则三角形，每个角都由四根分开的丝线固定。这个三角并不均衡：连着树干的那一端比其他更高，承担了主要重量。所以那一处的蛛丝更粗，由好几条丝线编织而成。四根粗线连在藤叶上，以使整体更有弹性，足以抵抗风的侵扰。但是藤叶依然附着在树干上，所以摇动不会过于猛烈。最后还有一根双丝线直接连在树干上。风太大时，便靠它来限制网的移动范围，抑制晃动。没有什么是偶然为之：网的方向完全迎着风；撕裂的风险更大，但捕捉到猎物的几率也更大了；随风飞来的蝇虫看不见正对它们的网，被有黏性的丝线所捕获。

左上方的角（B角）由四根牢固的丝线支撑着，其中两根由双丝织成。它们挂在草秆子的不同部位，特别是一朵草黄色的干花正中央，那里藏着一张更小的网：那是蜘蛛的巢穴，稍有风吹草动，它便会顺着主线飞速滑下。躲藏在大花暗淡、锈迹斑斑的花瓣间，它隐蔽得非常完美。

蛛网下方的角（C角）由三四根线牵着，都是单线，但同样牢固。这个点不起支撑作用;它只是一根用来防风的缆绳。丝线另一头挂在一株叶片宽大的草上,几乎贴着地面。

蜘蛛网正是被搭建在这样一个等腰三角形的框架上。它是一个规则的五边形,不过因为顶角更小,又被稍稍向上拉伸。它由四条两两等长的边($\alpha-\beta, \delta-\gamma$ 和 $\alpha-\varepsilon, \varepsilon-\delta$)和一条稍短的边($\beta-\gamma$)构成。如果我们从顶点 A 画一条中线,就可以将这张网分成两个完全对等的部分。蛛网只占这个框架面积的一部分。如果我们算棕榈树干与花秆间大约是一米的距离,或者一米不到一点,那么这个网所占面积大约应该有二十平方厘米。二十平方厘米的精致花网,二十平方厘米有黏性的透明陷阱,当风吹过蛛网,便在阳光下闪出微光。奇特死亡觊觎其中的二十平方厘米,快速、水晶般的死亡,蝇虫飞舞轨迹中致命的中止,它看见了,但已经太迟,无法躲避,风穿过脆弱而柔韧的蛛网网眼,它则被黏住,骤然贴在网上,悄无声息,而杀手逐渐逼近……

二十平方厘米。相比广阔的花园,面积实在不算大。然而,这不大的空间里却面面俱到。工程做得精准、细致、高效、迅速。不过半个小时,蜘蛛便完成了它的杰作:它起先从棕榈树的高处落下,借着一阵风,落在花朵上。接着它在由此搭起的桥梁上移动,不断搭建支架、进行加固。它织起另两条支撑线,接着便开始织网。从一条到另一条,它稳稳搭起五角形的各边。借着风,或是一阵风向的变化,它织出一根辐条;然后是第二根,第三根;现在,在已完成的蛛网上,总共有二十根辐条,分出二十个三角区域。基于本能,蜘蛛凭感觉选出了中心(也就是这张网的重心,那个至关重要的点,那个关键节点,因为它是整张网的平衡点。这一点上网随风晃动的幅度最小,而蜘蛛的身子可以同时覆盖整张蛛网上的每一条丝线;它便是这个脆弱构造的拱心石);它将不同的辐条彼此相连。然后它在五边形内接起数条平行线。如此便有不多不少五个五边形从外向内层层嵌套。这些线条与从中心向外辐射的辐条相交,又形成了二十个界限分明的小梯形。所以总结起来,蛛网上,一共有一百个不同网眼。这一百个死亡等待其中的小格,垂涎欲滴,涂满黏液,无法战胜。这一百扇小窗,随时准备将渺小的身躯封闭其中,任它徒然想要逃离。

  网络中央有一个洞。蜘蛛留好了自己的位置。伸向四面八方的缆线汇聚到它敏感的脚下。无论来自网上哪一点最细微的震动,最终都会到达这里,传达昆虫的腹下,向它宣告又一个受害者已经就位。为了避免颤动彼此重叠,为了第一时间辨认出晃动发生的方向,蜘蛛早在丝线到达蛛网中心前,就对它们进行了分区。它的躯干便是这个整体的终端,此处,一切尽在掌握。它沿着二十个不同方向展开腿脚的延伸线,铺展开来,这悄然不动的雷达,等待着。它认识世界;发生的一切都像这般从它延展四方的躯体里通过,并且颤动,在它的体内温柔颤动,在它体内,它的躯体便是核心。它居住,而它的住所是有生命的,颤动的,贪婪的。它如此窥伺着,数小时,数日,一动不动,什么也不想,在世间,世界不过是它的猎物。

意识①

某些无意之举在我看来不怀恶意。一句漫不经心说出的话,一个不假思索做出的举动,一种态度,一个眼神,一个语调,一种条件反射……而世界就存在其中,衰败腐朽、无可挽回。他人,我们一度认为如此亲近、如此真实的他人,突然用外壳封闭起自我。他拒绝。他否认。他关上自我可憎的大门,而他面前,只剩下黑夜、空无、绝望、充满敌意。男人和女人有时就怀着这种无意识,这种憎恨的至高之力。他们突然毫无缘由地彼此疏远。他们重新戴上敌人的古老面孔。撒谎。欺骗。逐渐滑向失控与不共戴天。或许这便是最可恨的时刻:这一刻,由习惯、习俗与文明创造的相对舒适的关系分崩离析。而陌生的,无人可以辨认的脸庞,如鬼脸般突然出现。眼睛变成一个阴森、记恨的球体,嘴巴狼吞虎咽,双手不断攫取,词语趾高气扬,一心求胜。卑鄙重新统治一切。

人的温柔存于纯洁与平静瞬间的闪光之中,穿破孤独

---

① 本书法语原著第169页和215页标题均为"意识"(*Conscience*),且本页标题未收入目录。本中译版遵循原书,不作改动。——编辑注

与黑夜而来。理解，甚至是超越言语、超越智力的理解，一言不发却可被感知的理解，同时来自自我与他人的非凡自由。这个神迹，只有清醒的神智才能施行。终于我开始交流，终于我开始分享。我明白我不再孤身奋斗。

如果说艺术确实拥有某种力量，如果说艺术确实拥有某种美德，原因并不是它让我们得以欣赏世界，或是给予了我们理解世界之谜的钥匙。同样也不是因为它向我们揭示了我们自身。在一个不听、不见、不言的宇宙里，被揭示又有什么意义？不，艺术的力量，在于它让我们*共同*看见了相同的事物。

一幅画、一部电影、一本书，本身并不算什么。只有从被分享的那一刻起，它们才开始存在。它们所带来的交流，与其说是语言（或符号）的交流，不如说是生命律动的交合。它是一种导向，一种有用的指示。艺术家是用手指向我们指明世界一隅之人。他邀请我们跟随他的目光，参与他的冒险。而只有当我们的目光投向物体时，我们才能部分卸下身上黑夜的重量。艺术作品永不可能超越人类。它不过是千万种通向人的道路中的一种。

这便是想象与现实、幻想与理智的交汇点：哪怕艺术家犯了错，只向我们展现他以为自己所见的一切也不要紧。重要的是他幻想的行进轨迹。艺术或许是唯一一种同时通过真实与谎言的道路前进的形式。

可这种种又何其难得！是否有一日，我们能够让理智的火焰持续燃烧而永不衰弱？我们能否找到方法让这份光亮永恒？我们不知道自己去向何处。我们的真实既不属于科学也不属于道德。或许必须超越言语与因果逻辑的王国？或许必须走出理性，在意义的标准阐释之外找寻？或许不应向更高处、更低处探索，而应更加精确，寻找我们生命的交会点，并与谜题合而为一？

但意识并不是一切。有时，眼前一个女人会让我心驰神往：我想，我全心全意地希望任由这个女人做个女人，而我只默默望着她，爱着她。我看着她来来往往，我听她说着话，语流算不上逻辑通顺，每个错误我都清楚识得。我频繁地捕捉到她的每一个过失。我知道它们是怎么来的，如何发生，又有何后果。想到抗争的方法，找回真相的手段。在她面前，我就像个创作者，拥有全部的可能。轻而易举便可揭开晦涩的面纱，让意识回归。然而我什么也没做。我顺其自然。因为这具身躯与这个精神，在这一刻，在我看来如此完美，充满和谐统一与生命力，让我觉得它们不可能是错的。我甚至害怕摧毁这种微妙的平衡。真的轮得到我来改变吗？我有什么权力否认，又该以什么名义强加我的真实呢？

况且万一对的是她呢?或许这种对智力的抑制不过是让其他我不了解的能力得以发展的手段?我害怕成为犯错的那个人,而且还是以最糟的方式,因为正确而大错特错。

我之所以怀疑清醒这种至高无上的能力,正是因为:它也是理性的一个组成部分。

所以也有一种意识不同于词语的意识。但它在何处?又该如何界定?有人说"真理",有人说"启示",还有人试着从中看到一种"颤动"。但所有这一切都不够。在这些词语之上,人们自可建起系统,轻而易举地做个唯灵论者或唯物论者。意识之真不是一幅图像;也不是对公正概念模糊的向往。意识是一种感觉,包含其中所有实在、即刻、显然之物。它是**存在**自发的认知,不可改善也不可异化,尤其是静止的。它是未经处理的知识,不可被精神分析或分解。意识不存在多重形态,意识的形态是唯一的。语言永远不可能重塑这种一目了然的自在体,因为语言便是阐释,是异化,是行动。我们需要揣摩的东西躲在词语与行动之后,躲在成就的作品之后。我们必须回归起点才能认识终点。要从未经加工的现实中重获纯粹的现实,就要经历语言的旅行。不过既然我们的认知必须靠语言完善自身,我们也别无选择。必须通过谎言去追赶真实,必须在运动中找回生命的冲动。我们到达目的地的机会微乎其微。道路多数时候通往沉默,而不是词语系统的胜利。隐藏之物,未解或成谜之物,本身便带着自由与清晰的密钥。

另有一个女人,面色温柔、天真,眼睛湿润深邃,额头高耸光洁,这个鲜活的女人,我是否应该由她停留在她的世界?她在这儿,对我说话,而我听着。她抬起修长的手,用几乎透明的纤细手指拨开一缕碎发,而我凝视着这个无需我便自动完成的动作。我看着她呼吸,我看见这个大幅舒展又辉煌的动作缓缓鼓起她的胸膛,抬起她的胸脯,转而又消逝在空气中。我听见她坚定的心跳声,远远跳动着,藏在两三个器官之间。我闻到她汗水的味道,发丝的味道,酸涩、强烈,混着香水的味道,我的族群雌性的味道。我端详她皮肤上的每个细节,浅斑、瘊子、粉刺、黑点和细小的疤痕,皱纹、妊娠纹、淤青,毛孔的孔洞与汗毛的森林。我注意到静脉几乎不可察觉的跳动,肌肉、肌腱的颤抖,所有这些非凡的事物,统统在她身体的布袋里,活着,活着。指甲根部的新月白痕。表面粗糙的牙齿,深深扎入牙龈的矿床里。嘴唇上的纹路。微微张阖的鼻孔,任由温暖稠密的气体缓缓渗出气道。脊背,肩胛骨凸出的背部,雪白的肉做的山上,可以看见,沿着脊柱的偏厚绒毛留下的深色图案。后颈,长出发辫的奇怪部位。轮廓模糊的耳朵,一双不对称的膝盖,圆滑、封闭,好像两张无鼻、无嘴又无眼的脸。后腰根上的两个小窝,有点可笑,或许是我们物种的钢印。睫毛,眉毛。圆润、结实的肩头,这副肩膀不是男人的肩膀,不是小孩的肩膀,正是一副女人的肩膀。腹部,带点赘肉,脆弱的部位,这里若是受伤,就可能有性命之忧,而后还有深深的肚脐,粗暴、情色、毫不天真,它似乎才是真正的知识之眼,超越了时间与空间,连接着世界之谜的本源。弓起的脚,笨拙的脚趾,长着短小劈裂的指甲。无话可说的脚踝。有力而令人脸红的野性臀部,富有肉感而健康。手。还是手。鼻梁。长满卷毛的耻骨。粗壮、肌肉发达的大腿,哪怕是横躺着休憩时,无依无靠,也好像正支撑着世界。宽大的胯部,好像巨罐,生命让它发臭的真菌在其中发芽。所有这一切。所有这一切都在运动,衰老,行动,出汗,分泌,混合,跳动,随电流而震颤。所有这一切来来往往,被放开,被解放,又总是臣服,它们不与其他融合,它们不与世界交混,它们总是自我,有限、精确、完全自由又完全被奴役。

所有这一切是个封闭的布袋,非被索取之物不可进入,非被驱赶之物不可离开。这双肺、这副肠、这个口袋。这个活生生的气泡不属于我,永不会属于我。这间安全屋里——生出心思与欲望、想象、梦想、观念。这不是我。这不过是个女人,千百万人中的一个。不可被识别,不可被理解。这个生命封闭在她自己体内,在她的时间与世界里。但这个外来的存在不再将我折磨。我不再想去推倒围墙,不再想去架起桥梁。因为这份孤独是奇迹。这座城堡是魔法。希望和爱都无法击穿它古老的城墙。此处与彼处的距离不是我们走过的距离;简而言之,旅途并不存在。何必梦想绝对的交流?词语之外没有交流的可能。吻合手术又有何用?它还能为我们揭示什么我们未知之事?不,不,快乐之上,甚至是某种不可理解的迷醉之上,填满、堆积起来的,其实是**目光**。不是观察者的目光,观察者不过是面镜子。而是主动的目光,走向他者,走向物质,与之合一的目光。*所有感官的目光*,尖锐,神秘,它不征服,不将事物重新带回词语与体系的牢笼,而是引领存在走向本就存于它体内的外在领域,在属于未解之谜的快乐中重构存在,重塑存在,这个谜便成了它的居所。

何必执着于在各种情感中区分彼此不同,有时甚至截然相反的力量?根本不存在多种相异的情感。有的只是生命唯一的形式,通过多种多样的力量向我们展现自身。我们要去寻找的正是这个形式。它是虚无的对立面,是白日的港湾,是光与火之花,它引导,它牵引,不止不歇,完美强大,如此这般,直至死亡。

远远的,远在我之外,有另一个世界,我缓缓、缓缓滑向它,仿佛行于泥沙。裂痕生硬的镜面反光。冰块。火焰永恒的光芒,光做的金属板,还有不断蔓延、叮当颤动的声响,离我而去,将我分解。我想要认识这个世界,却抓不住它。曾经它就在这里,在我脑海中,深埋着,温暖而鲜活地存在着。就在这里,蜷缩成团,等待被捕获。可它还是逃走了。当我专注于中心,一心一意、毫不懈怠,就在我努力做到精确、平静,几乎要**识别**它时,它消失了。它猛然逃离,好像翅膀一扇,窸窣一响,就这样被虚无吞噬。那到底是什么?但愿我能知道自己究竟错过了什么!但愿我能,哪怕只是猜想这片阴影的实质!

绝无可能!

这个无名的神迹骤然逃离,而现在,我的面前只余下一个血淋淋的空洞,渐渐为日复一日的晦暗填满。

窗!

窗!

透明天窗是向温柔风景敞开的片刻,晴朗、纯净、光明,一切事物之后都应该有这风景!重新出现吧,在我的黑夜深处闪耀!好让我重新试着相信,好让我出发、前进,跌跌撞撞地,走向你,走向你的灯塔!睁开你闪烁着绿光的眼睛,好让我重新迈出脚步,让我希望,让我继续自欺欺人。闪耀吧,发出最耀眼的光,让我再也看不见任何事物!将我熄灭!将我熄灭!

既不超越表象,又不内含于表象的谜!可这个秘密便是现实的本质,是可见、可闻、可能的力量。是生命的美德。是某种炽热的光,从一事一物,从独立存在、不可侵犯的万事万物中闪烁出光芒。我们无从改变什么。每件物品都背负着它的水晶十字架,它的标志,它的印记。此处,万物皆世界。万物于静止、猛烈与行动中自给自足。这便是原初语言的元素,真正语言的元素。这块硫黄斑纹的卵石,这支金属笔帽的黑色圆珠笔,这盒火柴,这管药膏,这座摆钟,这只被压扁的跳蚤,这杯水,统统都是完美的。它们的真缄默不言,全然封闭着,不留一丝裂痕。它们严丝合缝、密不透风。绝不在甲胄上留下任何微小的开口,让四周不确定的卑鄙体液侵入其中。星球。星球,你们便是星球。这难道还不超出想象?这难道不是迷人的,不是可憎的?想要驯服你们的人,想要让你们变得顺从温和的人,并不认识你们。他不明白一切都是可怕的。

然而,也有温柔……无法被衡量、无法被简化为某种概念、某种情感的温柔。词语无法让我认识它,画作、电影、曲调、节奏,都无法为我将它重构。至高的柔情就在这里,在此刻,如此显然,如此纯洁,如此震撼,让我恨不得从我身躯的幽灵中挣脱,投入它的怀抱,与它融为一体,在这片海洋中遨游、漂浮、放空、消解!这事也曾发生过,也曾降临我身,被给予我这个一无所求、一无所望的人!涌现,它同时从四面八方无尽地涌现,奇迹般地,源源不绝地出现在现实的图景之上。在它面前,再无他物。又或者说,本来还有这间卧房,带着它泛黄的墙纸,木头家具,纸质书,它的窗、门、地毯和床单,它斑驳的天花板,挂在麻绳底下光秃秃的电灯泡。而后突然之间,当我看着这一切,现实倏尔覆上了一层水晶。所有物品既不发光,也不闪烁;透明的光降临世界,美丽如斯,超越了我的理解。一切,绝对的一切都在此处;既陌生又熟悉,既遥远又近在咫尺,既奇妙又平静。空气像火般燃烧。墙面像火般燃烧。散落四处静止的物品,突然像火焰一般起身。在这间封闭的房里,电灯灯光如爆裂的闪电冲出灯泡。声音、气味、距离与坚实的感觉,还有在场,这一切都与幻象混为一体。一切都变成了铺陈的景象,我不仅看着它,我便是它,我便是它……精雕细琢,穷工极态,一动不动便自成的奇迹。它存在于自身,栖居在自己的生命里,再也无法消失。在我面前伸开,我的双眼仿佛长出触手,我触碰到层层空气。我波动着穿过它们,越过卧室的墙体。一如行走于黑暗冰冷的空无,我目光与感觉的运动在存在中前进。赤裸裸的物品,好像突然有了底座,一一立起,化作一座座雕像。玻璃、金属、塑料颗粒、米白、赭红、黄、白、灰,各种颜色,通通扩散四方。每个造型都全副武装,缄默不言地封闭在它不可穿透的冷酷外壳里,但与此同时又清澈、透明、光滑,人们穿梭其中,仿佛穿过一颗水滴。

　　水银!水银!水银!……生机勃勃的小球,被打碎,分裂,然后又瞬间聚合,接着重新分散为千百万尘埃,继而又聚合,分裂,聚合,分裂,聚合,聚合,分裂,聚合,分裂,聚合,分裂,分裂,聚合,聚合,分裂,分裂,聚合,分裂,聚合,分裂,聚合,分裂,聚合,分裂,聚合,分裂,聚合,分裂,聚合,分裂,聚合,分裂,聚合。静止中无止境的运动,得者复失,失而复得。此处存在的一切闪烁着没有光亮的光,而阴影就被包含其中。充实也是空无,实体包含了它自己的反面。并不像是符号,让生死相斗,让希望与绝望相抗争,而仅仅是,单纯地,统领着一切。空荡荡的亮黄色陶瓷烟灰缸上面,看得见电灯泡凝固的星体,好像一颗汗珠。酸涩、强烈、不可消除的气味如粉尘般弥漫。坚实的存在也切实可见、可感,直至疯癫,直至焦虑;但并非恐惧。不,这便是它,千真万确,这便是*温柔*。再没有伪装。再没有秘密。除了真实,别无其他,就在此处,在这间卧室里,在这种氛围中,在这被解放了又屈从的光芒里。而我,在这赤裸裸的景象面前,变成了一个囚徒,不可能逃脱。突然间,我超出了我的边界,成了存在风暴中的物品,活在迷醉之中。凡事实是火的东西都向我显现。我不用再去理解,再去恨,再去爱。我的视线超越了双眼,通过将我与世界连接的微小力量看得更远。我要和它交流,轻拍它,品味它,将我的肌肤和神经与它紧贴,融入它,也让它融入我。问答不歇的往复运动结束了往日的纠缠,而意识撞向自身,弹起,痛苦而无力,所有表达都被禁止,仿佛一只困在灯罩里的蝴蝶。凡存在的事物都不复因我而存在,因为我不再被囚困于自我的观测所中。这完全是场芭蕾,参与时我一无所知,只是终场后,确信自己曾经经历过。卑鄙、卑鄙的物品。完美光滑的脸,柔软的肉,而我不过是其中的一根纤维。玻璃烟灰缸,蓝色的幽光,钢铁、墙纸、地板平面,触手可及、舞动的透明空气!你中有我,我中有你。贪婪的嘴,推搡、爱抚,被满足的同时又被拒绝的欲望。长矛。长矛。钉子,刀片,尖锐锋利的刀。水,轻柔的水,清凉、宁静的接触。令人眩晕的时间挖出深井,让人落入其中。然后时间又被海浪托着重新升起。声响。寂静。声响。寂静。色彩的快乐，我们曾同它们一道歌唱。高喊过的黄色。高喊过的红色。高喊过的蓝色。我们齐声高呼过的成千上万的灰、白、棕。

人们为我脱衣。人们为我穿衣。人们在我的喉中倒上蜜、奶、酒。人们向我泼洒，将我浸润其中。可与此同时，人们剥去我的外皮，让我穿上沉闷的羊毛、厚重而窒息的丝绒。人们在我胸口放上一座大山，折断我的四肢。人们刺穿我的喉头。我的鲜血四流，汗与尿流淌在我四周。臭味透过木头与陶土升起，而我依然存在此处。我看见黑与白的匕首，骇人的抽象结构。我的卧室四周排满骷髅，那些物品嶙峋的白骨。至于我，那个有着明确躯体、封闭躯体的我，我消失了；我向独一而去！这便是我被逼迫所做的事！

然而，这一切发生得悄无声息。我什么也没看见。我什么也没听见，什么也未察觉。我被安放，仅此而已。我先于我的目光与感官存在，而曾经粗糙的一切都消失了。当然，凸刺与利齿依然存在，但它们竖起时不再痛苦，而几乎是平静地。我不再渴求胜利。我不再希求知晓。我在此，它们在此，不可分割、不可理解、精确万分。仿佛机翼下游离漂浮的风景，或是无声的砂石荒原，卧室里数百万的细节终于汇聚一处，变得可见可感。我不再关注某一个形象。但它们统统在我眼前，平等，单调，极致延伸，猛烈地立起。终于，我的牢笼显出真身，就在这短短数秒之间，所有墙与挂锁都昭然若揭。而我不再身处其中；我与它融为一体，我不过是区区一把门锁。既是囚徒又是枷锁，我终于回归我的居所；我栖居；我不再统治什么，不再主导什么；我被放置；*我被放置*。

属于精确的庄严时刻。就像餐桌黑木板上的灰尘，就像红土地上的卵石，就像大地上的树，就像胶状浓稠的水里挂着烂海草的石头。空气。燃烧的火，旋即熄灭在弯曲的火柴棍顶部红黑相间的木炭上。就像玻璃烟灰缸里掐灭的香烟。无用太阳的阴影。没有香味的花，还有猫的眼睛，冷酷地抬起，望向我。就像漏水的龙头，水一滴滴落在有蓝色锈迹的洗手池里。就像……就像……但这一切都在这里，完全在场。这一切不是符号。不可简化，唯有不可简化之物才是思想的出路。而我，我正，我曾，我将坐在这张黑桌前，在这个投下片片白光的电灯泡下。坐着，无所适从。无关紧要。无可奈何地身处无边无界的混沌世界。我不再向他处延伸，这几秒间，我落脚于时空之中，从外部观看。

然而理智没有边界。喷薄的意识不可被打断。非前非后，既不在未来，也不在过去，尖锐目光在运动永不完成、事件永不结果的宇宙里前进。但迷失的危险始终存在。理性随时可能将人引向海市蜃楼，引向幻觉，引向晦暗。一个词、一种习惯，于是曾经纯粹的事物变得模糊不清。绝不应该忘却。必须彻底、持续地在场。思想算不得什么：我们的生命，十之有九的时间里，是愚蠢的。而我们创造出的一切纯粹之物也在不断为我们生命的种种行为而改变、扭曲。被惯常用法，习惯性的动作，舒适，麻木改变。被睡眠改变。唯有其中一切无时无刻不可被质疑的哲学，才是真正的哲学。

但这样仍不足够：因为还存在我们永远不会提出的问题。还存在我们永远无法构想的怀疑、绝望与分裂。所有那些我们无法想象的深渊与无限。精神永远无法同外视又自视者那般达到无限；头脑清醒是另一个错误。故而怀疑并不足够。这个空间里，万物不应被平息。万物不应被彻底锚定；真实的萌芽正藏在短暂、动荡、混乱与无知之中。一如进步，这真实也是无止境的。

如果我们想要的是幸福，那就不应去寻找清醒的幸福。必须做出选择；而既然要选择，何不选择最广阔、最美、最丰富的幻觉？（它也有二分之一的几率让我们变得真实。)干脆立刻放弃抵抗,拜伏在地,说着你便是光,是生命,你是全部原则,全部理性,而我除你之外一概不知其他……不过或许,归根结底,比起幸福,摆脱无知才能让人获得彻底的安宁。

而我,虽然无法言喻,却依然希望如此……因为我感到他人有朝一日也许会知晓的事正在此处,藏在我四周。我犹豫不决,或许是因为我已经不再犹豫。可能,是的,可能我已经做出了选择。不是向往永恒,不是通往永恒的上升。而是死亡。黑色的死亡。属于折磨、卑贱、危险的领地。那些曾经被给予我的,我却无法认出的伟大时刻:支撑着我的,只有不可理解的迷醉。存在、在场的温柔沉醉。迷醉于做我生命的同代人。

如何,如何描述这一切?但愿我能表达出我所感受到的事物的坚硬,同时还有温柔,无边的温柔。真的应该将它说明吗?既然这个起点无法通往任何体系,是否还要继续这条道路?我多希望可以从人的思想里拔除所有未来的诱惑。活着,未必是一种信仰;思考,也未必是对世界的超越,未必是种形而上学。为何不让此处、此刻所呈现的一切,成为我们真正的居所?时间、空间、物质便是我们宇宙的边界。除去我们的感受，还须解释什么？对于呼唤陌生之物的体系，又有什么可期待？对自我、对他人、对世界的认知，怎会不是通往快乐的道路？我热爱无限，因此体会到了实证主义与唯科学主义的所有荒谬之处；事实不存在，无论巧合，还是人可能构建出的必然因果。但我也能料想超人类主义主要论调的虚伪；我明白诗歌，还有对语言抽象简单的堆砌，如何能造出完美、细致、精巧、充满智慧的体系，为未解之谜提供完美的解答。但谜题怎么会在别处？它就在我们四周，是我们每日都可观察到的显然。而诗歌又怎会是形而上的？难道它不正是我们身处其中的无边混沌的反映？

寻得。为寻得不懈求索。寻得。眼光灼灼，面对沾上些许烟灰的透明玻璃缸，寻找；寻找**此处存在什么**。超越词语、超越才智去寻找。五感洞开，调动其他未知的方式去寻找，与物质交流的途径。不动，不想，但也运动着，思考着，通过词语，无需词语，在光明里或在黑夜中，睁着眼，闭着眼，通过触碰、触探、倾听、滑动，简而言之，活着，通过极度颤动的身体，而后也像石头一般缄默冰冷，在空荡荡的烟灰缸里寻找存在，或可能等待着的事物。人身上自成节奏或缺乏节奏的事物。意向明确或全然不通的事物。他的本质。他的生命。他不曾察觉却拥有的形式，他显现出的种种色彩。还有无懈可击、平和、宁静的事物。非逻辑、不可简化为语言的事物。还有*他的名*。对他或他的几个同类人而言,这才是应该长久、持之以恒去做的事。或许如此,领悟才会到来,启示才会降临于神智昏聩、被奴役,又享有无边温柔的被抛弃的人。降于赤裸的人,他不创造,不走向何处,但充分理解这一切便是他至高的成就。作为人,不为追求永恒,或是神秘的终局,而是为了他,只为他自己。他虽是蜉蝣尘土,却终于明白了这一点,于是便有了谦卑平静的骄傲。温柔是他的助手,他明白了自己唯一可以获得的无限(因为他不可能自己认识自身)便是无限为人。

令人发笑的悲剧，莫过于人不再创造新的思想，而靠从前的想法过活。渐渐地，甚至往往是不自觉地，我在自己四周划出习惯与偏好的领地。而曾经推我前进，让我活着的事物，如今都变得僵硬，让我止步不前。于是我的受难就此开始。从前我遭遇的种种不便，种种"烦恼"，种种麻烦，一度是我骄傲的基石，让我选择复仇的姿态，如今，它们却逼迫着我做我自己。想要夺回控制，想要去理解，难道不应将之斩断？命运，他人强加于你的愚蠢命运，我们理所当然地接受它，借口说人必须尽快有个定性，人生在世必须做出选择，因为早晚有一天人会手无寸铁，再无法与世界抗衡。有时我也会感到这种召唤，好像来自我内心最遥远处，它让我深陷自我的悲剧；出发，必须出发。必须迅速离开，消失在无名之地，可能之地。出发……可去向何方？等待我的是哪个国度？我能拥有怎样的比以往更加广阔、更加自由的全新生活？如何抛去自己身上的旧衣烂衫，如何摆脱枷锁、习俗，摆脱不断重蹈覆辙的可怕惯习？我不知是否可能，是的，我不知遗忘是否可能，但我体内有这扇门存在，开在长长的走廊尽头。我以为自己能够随时改变，但这难道不是一种幻觉？除去沉默，我们如何否认自己曾经的所作所为？细细想来，一个人竟为如此多，如此多的钩线绳索牵扯。无数关系，无数节点，无数轨道四通八达……无数无所适从变为恰然自得,而呼声却无法传达。天际线缓慢而坚定地封闭,高墙耸起。皆是谎言,皆是丑陋的假象,毒药般不可或缺的熟悉物品、情感、感官,都成了围墙。所谓的人,是否就是这样?是否就是所有关系与习惯的总和?是否就是旅行的流亡者?若事实果真如此,恰恰因为人无法离开。此处,或他处,他总在寻求羁绊,为了不孤独,为了不做自己的主人,他更深地扎入大地。冒险家、探险者,或许不过是四处渴求牢笼的软弱之人。至于精神的冒险家呢?更加软弱,更加奴性。他们自以为触到了其他世界,自以为重新发明了爱与快乐,其实每分每秒,现实生活都会扑上来咬住他们,纠缠他们,将他们碾压在地。该怎么做?该如何回应未知之地乡愁的召唤?人不可能永远爱他的牢笼。人也无法持续战斗。于是人走向悲剧,于是人诞生在成年的世界,失败者的斗争就此开始。至于那扇长廊尽头,我一度以为通往天堂、通往新意的门,不过是扇气窗,连着一条捷径,通往虚无的卑微自由。死亡是人的希望。他们不愿了解。我不愿了解。然而事实如此。正是死亡发出了至高的呼唤,给予慰藉,还有诡异的快乐。正是死亡闪耀于黑夜。死亡,夜一般的死亡,盲目而温柔的死亡,其中感官废弃,纯粹的思想,明亮的,在无尽的抽象里旋转。死亡呵,你让人离开。

死亡,你在人耳边说着,来吧,应该启程了。我所憧憬的便是你,虽然内心深处,我明白,你其实空无一物,你不过是全然的恐怖。死亡,生的绝对,你是名副其实的伟大旅行。留下的人,既出发又停留原地的人,最终,他们所找寻的便是你,他们所爱的便是你。

死亡

人们的所见,所写,皆与母亲相悖。

原则、体系,是对抗生活的武器。只要精神还未被体认为生命的一种形式、现实的一种形式,那么除去诞生于绝望的超验性之外,我们就别无其他出路。上帝这个概念,归根结底,真的温柔吗?真的是一种许诺吗?没有一种宗教本质上不是*恐怖主义*,即建立在恐惧、残忍、诅咒的基础之上。想象天堂之前,人首先构想出了地狱。死亡是彼世的领地。神明与死者不是地上的居民,他们已抛弃尘世而去。当然不是彻底离开,他们依然在世上游荡。日光之下,不见幽灵的踪影。可当夜晚来临……黑影吞噬万物的轮廓,在这充满敌意、冰冷的黑影里,捕猎者徘徊、窥伺之处,主才真正开始祂的统治。祂的面容绝不是温柔、光明的,而是充满了恨意与不安。

就在这一刻，祂降临世间，就在这一刻，祂从缝隙中现身。祂抽芽。祂*回归*。祂与梦结盟，祂与黑暗的幻象相结合。

是何种现代发明也未能掐灭的古老记忆，穿过数个世纪，在这对黑暗的恐惧中颤动？为何会有这些恶魔，这些鬼魅，在日光褪去后，突然栖居于白天放逐的荒凉之地？它是否是远古时代残存的记忆，那时野兽横行，肆意捕杀，而黑夜里徒然睁大的双眼再也无法触及任何确定、熟悉的事物？黑夜与死亡。二者的关系广为人知，全不是虚构的。人需要视觉。他活在观看与识别的基础上。目光，做出判断、产生意识的目光也是生存的途径，是最好的盾与最决绝的刀。在战斗、行动之前，人先要观察、评判。而他的目光中闪过一种惊人的智慧，懂得如何简化事物。所以，当这道目光不再与任何事物相遇，当智慧滑行的轨道迷失在不可知无尽的烟雾中，恐惧、不安与犹疑便应运而生，人也由此进入妖魔统领的国度。可怖的黑夜里，人无所触及，黑夜在曾经充实、坚固的世界里突然置入空无，黑夜阴魂不散，唤起我们内心深处，极其遥远、极其模糊的，我们或许经历过的虚无。黑夜里的精神原地打转、变得盲目，噩梦比睡眠更早到来。神明是否因此而产生？不安、困惑、痛苦是否因此存在我们心中？一如潮水涨落、耀斑爆发，日夜的节奏也对我们的思想施下魔咒。它塑造了它们，哪怕我们不再承认思想直接来源于自然力量，至少，我们依然能感受到四周铺陈开来、可感而难忘的不安，触及我们，抓住我们，折磨我们……

或许将我们引向彼岸的力量有二；两种截然相反的激烈的力量，而我们在精神世界里模仿着它们的交锋：出于夜晚的恐惧，死亡的回想，沉睡、痛苦与地狱的力量。还有出于白日的焦虑，面对太阳坚实、不可触及的表面时所感受到的骇人的、压倒性的力量。一者将我们向下拉去，让我们看见怪兽与罪恶，另一者则将我们攫起，让我们升向无人登顶的处女峰，让我们呼吸存在的广阔，这独一之物，被揭示之物，呼吸迷醉本身。

可是这两股力量里没有一种是真正对人有益的。如此构建出的夜与日，空与实，是两头贪婪的怪兽，只知折磨与毁灭。

白日的不安或许比夜晚来得更加可怕。因为在这里，猎捕我们的不再是某个不停逃离、形状模糊的敌人；我们所面对的是坚硬、冷酷与暴力的无情现实。我们的恐惧并不源于掘出深渊的未知，而是源自存在的猛烈爆发，源自某种生存的眩晕，它不停陈列自我、展示自我，直至将我们灭绝。过度的可见比不可见更加危险。它燃烧，它炽热，它瓦解人的灵魂，它将精神从物质中剥离。它让生命显出超出自身的丰富。它在人类之上造出一个绝对宇宙的疯狂愿景，完美而永恒的充实、可见，且根本无法触及。在它面前，承载意识的目光再也无法见到任何可被参透的物品、可被理解的符号，只有某个凝固不变的谜题无边的图景，和谐常驻其间，完美无缺。诞生于太阳崇拜的一神教必须压垮生命。它如此猛烈又如此热情地向我们展现出的景象是超越理解的。这只独一无二、凶狠无情的眼睛凝视着大地，在它之下，统领世界的是复仇的秩序，是命运，是诅咒。

白日之神唯一，而黑夜之神不可胜数，你们共享着世界；随着你们的统治交替，人的精神，也在崩塌与迷失间轮回，或是陷入令人生厌的、粗暴的冷漠，或是沉浸于与未知无目的的交流，与物质脱节，与和谐背道而驰（可人又真的体验过和谐吗？）。奇特的力量，存于自然的力量，存于精神的力量，敌人，敌人，我憎恨你们。我匍匐在地，我将你们崇拜。但我恨你们，我恨你们。

在高峰与低谷这两个深渊之间，哪里能寻得温柔？哪一方天地能让我休憩，让我爱，或许也让我理解？何处能寻得一点孤独？何方？何方？

应该尽一切可能，重新回归现实的平等蓝图。为此，是否必须扼杀我们心中种种夜与日的激情、种种向往、种种自然的节奏？某种意义而言，这是否超出我们所能？因为在战胜黑夜与太阳的焦虑之后（如果我们能做到这一点），我们还必须击败无数事物：我们还必须胜过火、水、气。战胜山峦与火山。战胜树木、种子、大地。蜘蛛、蛇。昆虫。血。声音。四季轮回、睡眠、疾病。死、生、性。每分每秒、无穷无尽游荡于我们体内，令人不安的感觉。我们还必须战胜梦。为热爱现实去击败想象，为理解想象而击败现实。这是疯狂的举动，或许，也是注定失败的举动。因为，为了这般求得和平，我们必须战胜整个世界。

冷漠近乎美。当人拒绝了虚无的焦虑和彻底的安全这两种极端状态,当人将所有自杀与宗教的诱惑逐出脑海,剩下的便只有疏离。从此他不再观看世界,不再感受世界;可这也是一种欺骗。嫉妒、自负、憎恶都是让我们与世界相连的情感。拒绝承受是虚伪的。也是一个错误。这是人在脱离上帝之后面临的第一重诱惑。出乎意料,这个关键问题至今悬而未决:如果上帝不存在,又该如何处置他的灵魂?当代大部分艺术表达与哲学思想不过是在孜孜不倦地重复这个疑问。当下人的失败或许就在于他无法再去使用任何绝对、神圣的元素,却又继续心甘情愿将他的感性投入某种他已经有意废弃了目标的追寻中。这种自相矛盾让他绝望、无力。但这其实是必然的:既有的观念如此根深蒂固,让我们去寻求超越自我的伟大存在;而习惯的力量又如此强大,让我们不断寻找超越人的人,超越真实的真实,超越生活的生活。

艺术仍然沿着先验论的方向前进。无论彼方的本质如何,他们都需要一个"彼岸"。他们不断摧毁语言,想要杀死文学,只为建起"另一种"语言,"另一种"文学的抽象建筑,一个美丽、纯洁的徒然幻象,让他们能够轻蔑地将现实的交流抛诸脑后。他们虽然明白现实的依托必不可少,却无法满足于以现实为目的的语言;他们拒绝货币式的语言。他们需要一个崭新、独特的空间,一个梦中的空间,将他们从物质的奴役中解放出来。这一切只因他们尚未解决生活与思想、物质与精神、现实与虚构之间由来已久的矛盾。他们不愿承认这一矛盾其实不过表象,而从现实走向想象,不过是从一种真实迁徙至另一种真实。

这场旅途不乏风险:谎言的风险。真正的艺术家,切实感受到他的时代,与它共同脉动,构想它的各种缺陷与真实,他绝不会在现实面前低头。

许多文艺理论家作品中最荒谬的一点,莫过于其与现实的撕裂。这一区别显著表现在语言的差异上。无法想象一个艺术家如何能用除他艺术语言之外的方式表达自我。为何要有两个截然相反的世界呢? 一边是交流与自然可知关系的世界,另一边则是纯粹表达与艺术的世界,其中抽象、个性化、文化、晦涩与不断求新便是法则。可是要如何证明这种表达的合理性? 如何相信一种无法自足的艺术?

形式的创新,若不同时是思想与生活的革新,便不是真正的求新。摧毁言语,便是摧毁生活。语言唯一不具备的力量,是直观的力量。但人的完善无法通过寻找另一种语言、另一种交流实现。相反要深化自身的不足,不断深入,不断锻打。

其实,并不存在两种现实。我们通过语言构造的便是唯一的现实。任何未曾经历这一悲剧,认为可以通过创造其他联系,通过幻想某种总体言说逃过一劫的人,不过自欺欺人。他在*撒谎*。

艺术,不是绝对的唯一表达,不是神的信息,而是人在创造中卑微艰难斗争的结果。艺术,存在于生活,原本诉说着真实事件,随其好坏或粗鄙或美丽。它是可能的原野,但又是可实现的。它是未脱离起因的结果,是身体的汗液,是行动的思想,具体地点、具体时间、特定的人、奔赴战场的各种力量的思想。是这世上的战争日记。具体的思想。

任何与现实脱钩的思想不过是在重新咀嚼陈旧的理论,是抽象与脱节。表达之法千万,但不逃离的理由唯一。

或许这一切的确毫无意义。或许人被抛入世界,注定是孤独的。也许良善不过是行动的幻觉,而进步也不通往真理。但有一点对每个人都千真万确,那就是他应该用他那著名的灵魂,空闲的灵魂,去认识生活的蓝图。去理解什么叫一粒尘埃,一个塞子,一滴水,一阵窸窣,一道微光。去感受宽广、寒冷、饥饿、欲望、恐惧。去料想死亡。在场。

在他的思想中，一如在他的生活中在场，换言之就是用他的世界观协调种种日常行为，熟悉的经验，一日三餐，睡眠，劳累，所有阻塞，所有攻击，所有欢愉。

思想永远无法脱离身体。语言与人同时死去；因为它，不多不少，正是血肉之躯的一个组成部分。

切不可离开悲剧。谎言，或许就始于痛苦的终点。疑思不存，幻觉生焉。所有应被知晓的事。所有在*此之物*，绝不会离开，绝不会暴露于光明，绝不！**自我何在？自我在世界的哪一处？**我们是在哪个时刻，身不由己，毫不知情地脱落？于是，每分每秒，我们不断失去实感，物质的实感，来自物质与生命启示的实感，那些我们甚至还未准备好接受的实感！交流的境界，自然的境界，离我们何其遥远，总是低不可见，又遥不可及！

但愿我能，哪怕只一秒，将我的大脑神经换作光电元件！

感性状态最可怕之处或许就在于：妄图以人的工具去认识并不外乎于人的真实。以证明求证明。则危险错误皆有可能。

为绘制地图而写作，为设立而写作。为了给世界的这一隅，这座城市，这个街区，这条街道，这间卧室的北部一角，这个窗台，这方地板，画出地形图。凡存在者皆在其中。每一样都是重要的。没有一个应该被忽略或无视。一系列透明图纸，彼此交叠，展现出共同的土地。定好角度。划下线条。边界清晰，界定出的区域里布满影线与十字。层级。地层。秩序已定，不依外物，独立于任何将来的事件。这一秩序似乎是一成不变的。施工早已被预告，其中所有组成都已知晓。在这里，秩序打断了时间的流动。通过另一种途径，完成的作品表现出它注定的命运，挣扎斗争无济于事。在现实的图纸中，一如在作品的纲领里，业已发生的便无法消除。我们既未曾完成什么，也未曾扭转什么。这不仅是种定向运动，更是已及至善、恒常而无懈可击的状态。是这种纯粹天然的境界，是这片沙漠，这座城市，这片从飞机上望见的旷野。这便是如此。这便是完成。此刻之中，未来与过去都延展开去，却找不到抓手。因为作品的真实就是这般，零散、多刺、激荡，同时又统一、平滑、宁静非凡。

无序的应和，几何，恐惧，爱：与其他作品一般无名的鸿篇巨制。艺术品，无尽的革命。

万物分明，又出乎意料地契合。一切都有它固定的位置,它的应属之地,仿佛创造它的语言已将它锚定。这是突然外化的内在秩序,思想,是的,思想,遍布世界,展现出它的符号。谜题,哦,自我的谜题,自我戴上现实的面孔,自我便是一切,无处不在!我的意识也成为物质,我的意识突然有了实体,就这样,远非我能控制,我甚至不甚了了,既无法改变,也无法阻止,它邀我完完全全成为自我,无拘无束,没有肉体的限制,从造物主手中解放的庞大造物!

那些电灯泡中心燃烧的光,那些暗空中刺眼而冷酷闪烁着的玫瑰色或蓝色霓虹管。大地波动,热量波动,光与声波动起伏。人存在其中,与凝固的星辰融为一体。从此,虽不知如何又为何,他已达到了*平静-激荡*的状态,丰富的状态,贫乏的状态,达到不可言喻的美。他身上的一切也在他之外,而他四周的事物仍在他之中。

为行动而写作。艺术常常遭到艺术家的背叛。它或许才是人类现象中最无个性、最不自由的一种:艺术是一个社会所有共同思想、神话与群体反应的表达。它是一种最为广义的风尚。那些自认为摆脱了这种共性精神的人不过背叛了艺术真正的命运。当他们的表达脱离了语言这个整体,当他们幻想一种超-艺术,一种艺术的超然本质,他们不过是为形而上学找了个替代方案。进行艺术创

十字	条纹	横杠	直线	红色	气味	煤烟	欲望	声音
阴影	楼层	窗	门	窗	窗	餐桌	壁橱	天空
点	横	点	横	点	塔	井	大地	大地
汽车	摩托	自行车	汽车	摩托	自行车	汽车	摩托	自行车
大地	十字	条纹	横杠	直线	蓝色	紫罗兰	大海	岩石
山峰	火山	荆棘	猫	麻绳	小巷	阴影	窗	天空
男人	女人	女人	女人	男人	床	太阳	女人	女人
牛排	葡萄酒	水	面包	布	冰箱	餐桌	油脂	孩子
大地	气味	毛发	种子	种族	热	男人	男人	女人
飞机	柴油	国家	树	这里	屋顶	血	血	肚子

接下来,是运动:

卖	来	扔	叫	游泳	流逝	伸长	杀	杀
摇动	生长	出生	爱	爆发	否定	否定	爬行	生命
唱	发酵	滚动	干涸	殴打	归还	统治	闪耀	出生
封闭	冻结	拍动	轰鸣	嘶鸣	去	睡	叫	吃
啃咬	说	跑	打破	抬起	弹起	寻找	出汗	谋杀
哎	呕	嗅	哦	鸣	咔嚓	轰隆	滴答	呜哈
飞翔	活着	活着	轻抚	看	吸引	呼吸	膨胀	交媾
上升	支撑	结果	痛苦	给予	呕吐	吼叫	吼叫	平躺
此处	吹动	游泳	喷射	死亡	痛苦	昏厥	平静	死去

物质的迷醉

作的人,写作的人,绝不应忘记他是在强化集体。他的个性不过是集体的一种形式。他必须明白无论他怎么做,他的表达,一如语言表达,始终是赞同的途径,而不是反抗的方式。而他所想或所说的一切都彻底关乎整个群体,他的社群。人与人之间的一切关系都是语言;而这语言永不封闭,永不静止;它是运动,是对理解的追寻,是贴近。如果语言的终极目标确实是非-语言,是沉默,原因便在于这个目标是无法实体化的:唯一的达成方式便是摧毁言语,换言之,就是摧毁人自身。换句话说,语言是走向自我毁灭的运动。艺术,作为语言的至高形式,其终极目标,便是艺术的毁灭。

并非因失败而毁灭,而是作为交流的完美实现而被设想的毁灭。一切艺术,若不以超越自身传达的信息为必需,即不以它的死亡为必需,就是无效的。然而这种艺术作品所追求的"不可言说"状态,与只愿表达自我的艺术家所追求的孤独、不可实现的神化状态有着天壤之别。只有第一种态度是"开放的"。哪怕在不可交流中,它也保有交流的希望。

艺术家对孤独的追求是个错误;他在艰深的文辞中获得的快乐既危险又虚幻。这种快乐可能最终通向无言,换言之,即死亡。艺术家不是半神也不是先知。他甚至不一定是个聪明人。他是个感性的人，仅此而已。他既不发明，也不创造。他不是天才。他会的仅仅是总结。他是个好的组织者。

今天我们不再要求艺术家做个匠人。对我们而言，专业化是个体表达天赋极不均衡时代的产物；有人心灵手巧，有人舌灿莲花，有人嗓音婉转善于歌唱，有人脚步轻盈长于舞蹈。但当今社会不再认为必须有完美的表达方式；它向一切形式敞开。人人确有灵魂，人人都有话要说。文体的概念被沿袭下来，但时至今日，艺术的本真在于感觉，而非技术。除去情感，艺术已经没了其他可能。我们所寻找的，不再是对世界的精准概括，而是存在于现实之外，能让人产生共鸣的感性追忆。

是否这就是错误所在？是否正是这种从生活向情感的过渡让艺术偏离了通往意识的道路？又或者这是否开启一条全新的道路，通向某种完全人为的意识，内含于人类自身完全可能失败且不包含任何永恒真理的探索中？

或许向美的运动不过是种寻求**启示**的手段。物品之美，我们必须学会看出这些物品的本来面貌，除去所有神秘感与光环，这是万物平等的国度，并非同等麻木，而是同等强大，同等凶暴，同等壮丽，这是所有到来之物统领的国度。

哪种文学能将我们从范式与框架中解放？我们可以想象各种可能。比方说，对话的磁带录音，或是所有城市共同书写的小说，一个抽屉、一栋楼、一个国家全部文件的出版物。为什么非得是书呢？唱片也可以胜任。有时我会幻想一种永不终结的文学，一种设立在邮局的文学，用电报、挂号信、印刷件与包裹、样品、目录、发票、快件、电话信息缓缓书写着它的世界史。一部如此写成的小说，无人有意为之，无人真正知晓它的全貌，其中每个人都同时是作者、角色与读者。我也幻想过这种整体的文学，更有甚者，这种整体的艺术，能够完全覆盖生活的方方面面。在那里，世界终于成为它自身的表达，匿名、完美、极致非凡地充满人性。

但我害怕这种文学同样将湮灭于无可言喻与集体之中，与所谓艺术的理想并无二致。我很快清醒过来。很快，刹那之间，个体重又将我捕获，让我穿上我受苦的人的外皮，并非他者的人的外皮，他需要通过语言与动作引起他人注意，让他人理解自己。

世界，纷繁而广阔的游戏，坚实程度无人能及！我的目光所及之处，我的思想所及之处，无不是立面、光芒、尖角，五彩斑斓，格盘已就位，图案被标示、被刻下！无处不在！无尽的游戏：

—随意撒下的细小纸屑。

—涂成绿色、蓝色、黄色、白色、黑色或鲜红的磷火柴。

—烟灰缸玻璃边上沾着的灰尘。

—圆珠金属笔尖、笔帽和按钮上的闪光。

—方纸片。

——成不变的手表走动声，标记出千百万节奏。

—打字机枯燥的敲击声，还有独自前进的词语，无论写下的是 Zaatshuuiqlpndetrez，还是 noo Rt 67 zfa JHY sfre Oiol。

—迷你花瓶，插着一株栩栩如生的植物，油光发亮，大如昆虫。

—香烟盒的颜色：蓝、白、蓝。

—写下的字母，带着横杠、分岔、圆环、弯钩、点符、分音符、其他音符、墨块，以及各种旋涡螺旋。房子、女人、蛇、小塔、汽车、飞机、鱼、蚂蚁、树。

—纸盒里玻璃瓶底的颗粒感，盒上写着博勒加德、皮尔森之源、毕尔格啤酒、史帝戈、亚当啤酒、阿代勒斯绍芬、皇家啤酒①。

——装饰槽。

——镂雕装饰。

——墙角柜。

——桁架中柱。

——注册商标。

——签名。

——印着"法兰西"号游轮纵剖面图标烟灰缸的群青色，偏紫，但又带点靛青。

——锯齿边的邮票。

——外面传来的叫声，粗粝的喊声、沙哑的喊声，喊出的名字、咒骂、嘲讽、笑声、谩骂、喧哗。

——汽车喇叭声。

——恶心的味道，混杂着茴香、大蒜、烧焦的橡胶和炸过的黄油的气味。

——嗡嗡乱撞的蚊子。

---

① 此处列举均为啤酒名。博勒加德（Beauregard），瑞士啤酒馆名。皮尔森之源（Urquell），全名 Pilsner Urquell，捷克皮尔森著名啤酒厂。毕尔格啤酒（Bürgerbräu），意为公民啤酒或市民啤酒馆。史帝戈（Stiegl）系奥地利萨尔茨堡啤酒品牌。亚当啤酒（Adambräu），德国啤酒品牌。阿代勒斯绍芬（Adelshoffen），源自法国阿尔萨斯。皇家啤酒（Hofbräu），源自德国慕尼黑著名啤酒馆皇家啤酒馆。

——看不懂却存在的符号、语言。分散在撕毁的纸板碎片上,钞票上,信封上。Magnesia Bisurata Aromatic。Reg N5781/B。

因需封函①

校长授权

院长

希布罗-硼砂明(CHIBRO-BORALINE)②

成分:硼酸钠	0.25 克
硼酸	1.00 克
羟基甲胺苯乙醇(酒石酸)	0.50 克
羟基苯甲酸甲酯(钠盐)	0.10 克
氯化钠	0.80 克
蒸馏水。足量	100 克

——房屋灰泥腻子上的黄色、米色横条。

——鸽子嘴上的瘊子。

——毛发、绒毛、羽毛、睫毛和眉毛,或卷曲或粗糙的羊

---

① 此短语从前常见于法国邮寄信件信封,用以表示本信件封口出于必需。

② 希布罗-硼砂明,根据成分表,应为眼药水类药物。

毛,棉花,玻璃纤维,床单无尽的纬线,触须,鞭毛,头发和毛皮,一切吱嘎作响,扣挂,轻抚,波动,弯曲,颤抖,燃烧,折断的东西。包罗万象的森林,树立又横倒,枝头上如战利品般挂满空气中飘浮的颗粒尘埃。

——街与小巷。

——死胡同、公路、广场。

——弓起背脊的两三个山丘,台阶与坡道相间的道路缓缓从中走过。

——太阳底下,囚笼中鸟儿的歌。

——汽车的灯。

——女人的胸。

——碎煤块干脆发亮的煤渣。

——厚重的空气。

——炎热:27摄氏度,28摄氏度,29摄氏度,30摄氏度,31摄氏度。

——瞬间点燃的火柴,柔和的火光蔓延开来,头几秒闪着泛绿的白光,然后蹿出橙红色的火苗,燃烧,直至熄灭。

——蛾子之死。

——房顶上的电视天线。

——扔在胭脂红地板上,一只歪倒的棕色鞋子,鞋带两端挂在同一边。

—剪东西的剪刀：纸、丝绒、马口铁、头发、火柴、手指甲、脚指甲。剃须刀片，薄而锋利，划过皮肤的时候，留下极红的血痕。

—太阳，升日，落日。

—消化的胃。

—大海。

—深夜悲剧而浓稠的沉默，间或有，也许，两只吠叫的狗，穿过整片黑暗。

—词语：疥疮、挑战、切分、蛋白石、被吸干的墨、吨、坚果、葡萄干、啫喱、条纹。

—墨水、牛奶咖啡、糖浆、葡萄酒的渍点，挂着发亮的干鼻涕的纸巾，渐渐发霉的旧抹布，落满灰尘的书，皮肤上结的痂，伤疤，木屑，碎枝，干月桂叶，锈蚀的纸，生锈的刀，长了锈斑的织物。大理石色皮[①]与粉刺，妊娠纹，褶皱，折面，皱纹，干瘪。鼻孔。厕所的气味。宁静的白瓷，然后是用旧的踢脚线，干裂的天花板。触角颤抖的蟑螂穿行的缝隙。信箱，每个都挂着对应的名字：苏里安（SOURIAN）、鲁塞尔（ROUSSEL）、朱利安·洛伦齐尼（Julian LORENZINI）、蕾阿·D.里翁（Léa D. LIONS）。门铃。一切用旧了、被熨

---

① 即网状青斑。

烫、缝补过的东西。一切曾经有用的东西。那些我们扔了,但当夜幕降临时又会捡回来的东西。在发臭的火盆里燃烧的东西。棺材,坟墓,石膏做的紫罗兰花冠。海报,通知,广告牌。收音机里的杂音。广告刚刚播完,而电影还没开始时,放映厅陷入黑暗的那一秒。

如此种种微型的游戏,种种生活的迷你缩影,坚实、立体、完全在场,呈现出千百万种色彩,没有任何两种相同;如此种种游戏,各在它的位置,彼此独立,又合成一个整体,如此种种游戏,规则隐蔽不可见,每秒都在改变,而我们必须参与其中,无时无刻不参与其中。

移动筹码。填满空格。上色。让事物跳动、起舞。不要移动。身在彼处,却假装在此。为了置身彼处而假装在此,然后再回归此处。游戏。游戏。游戏。不止,不息,成为自我,直至疯癫,却不发狂,小棍、十字、棋盘、方块、A牌、圆、点,里和外,上和下,某物而后无物。充满激情,或许也充满爱地投入游戏,调动每一寸自我与每一寸世界,让那永无人知晓的整体作品臻于完美。

意识

或许精神最可怕的举动莫过于封闭:彻底放弃了具体目标,内在目光只专注于唯一的伟业,那便是意识到自己的意识。如果真有完美的行动,贫瘠而痛苦的完美行动,那便是这一种。从此精神就只是精神,是疯狂想要成为自我的意愿;一切因为交流、因为作为景象,作为我们不见全貌也不可知其全貌的景象而浮动不定、出于偶然且丰富多样的事物,统统烟消云散。认知的运动中,只剩下这个行动,唯一的行动,因强求清醒而变得疯狂,不过是动力失控的引擎。交流是我们所是的一切的鲜活真相。世界、现实、思想、词语都在传递着。一旦交流不复,与"外在"的交换停止,可憎与无力便会滋生。如果上述疯狂的举动确实存在,如果它不是幻想或被言语扭曲的梦境,那么它可能便是人类思想的终极之举。或许这显而易见的意识错乱就是精神注定的结局。尽管拼尽全力彰显在世上的存在,依然会遭遇这不可逾越亦不可理解的高墙。的确,也许任何思想都将如此走向思想的终极而消亡,而交流只在思想的界限之内才能实现。所以理性的深渊不复存在。抽象不再是可能性的无尽领域,想象也不再是种自我陶醉。或许万物有理，正因为它们属于某种限定的秩序，毫无逃脱的可能。思想悲剧性的伟大可能就在于，一旦登顶这种完美的状态，它也就迎来了死亡。这是否就是反思行为时刻面临的命运？哪怕最简单的意识是否也会走向绝对、走向虚无？

每个思考者体内是否都有一个死人？

故而，在意识的领域里，这完美的行动也是可能的。这种行动确实存在，不再是中介，不再是桥梁，完全是它自己，不依凭外物而活。摆脱了一切因果。这个死去的时间，这个人类智力的顶点，在它自己的界限内是无尽的。若我们无法超越它，是因为它不做出任何决定，它是无限开放的。它在某种程度上驻足于自身，无尽延续，以它自己的实体为养料，于瞬间耸立于顶峰，纯粹无瑕，外乎于时间、空间、物质，甚至语言。观看的人是不自由的；他不过连接起宇宙的两点，他汲取，又因此，他消耗，他破坏。对某物的意识与器官机能无异。它表现为同化作用，而它的纯洁与清醒只是暂时的，因为它与不纯、不定的宇宙直接相连。

可无法观看的，眼睛里的事物又如何呢？它是活着的眩晕。它之所以产生意识，不再是为了交流：它为自己而发生,脱离他物。它即是墙。这是否令人绝望?这是否是个错误,是某种周转不灵?界限、死亡、虚无是人身上更胜于人性的部分的特质。它是理性的极点。在此之上,再无其他。才智也不复存在。何其奇特的界限,我们可以如此定义:人的思想内嵌于它自己的思想中。思想的绝对便是关于思想的思想。奇特的界限,也是奇特的绝对,因为它是一种反射。意识绝对的高墙是一面反观内部的镜。

于是循环闭合。迷宫的中心成了它的围墙。在终点线与出发点之间,若说还有差别,便只剩下:一方随另一方而发生。一切都导向内部,一切都转向它的中心。运动极易失控。平衡岌岌可危。极度清醒的人也会突然跌入晦暗的宇宙。清醒只有在被改变、被扭曲时才可持续。倘若无人阻拦它的脚步,倘若它未被逼进现实的泥沼,那么敏捷清晰的精神很快便会停下,不再行进。它不再消耗。它不再传达。它不再涌起。只居于顶峰,在自由而空洞的苍穹里,在空无一物的宇宙的天空里,在没有演出的剧场的天空中。

或许正是在这个清醒的癫狂时刻,某物与无有的古老对立才得以停息。这个某物,只在其与他者的关系中,在其与它的否定表达,即某种程度而言,与它的无有的关系中,才有了生命与能力。而一旦这种相对性、这种流动性不复存在，这个某物便会因它过满的本质而炸裂。它不再是某物，而成为任何一物；可这完全的物与无有那无际的虚无又有什么区别？它存在的真何在，谎言何在？它的肯定何在，否定何在？物质危险的顶峰，绝不可预想的顶峰，因为一旦被接纳，它的存在便会毫无疑问，因而也就毫无生命可言。

上帝之外，一切与全无无法和解。独祂一个既是有物又是虚无，独祂一个拥有祂自己的极限。独祂一个拥有意识之上、存在之上的神秘，那些从现实的可怖雕塑上被撕下，依其本性而自由存在的事物背后的谜。

这便是人类不可企及的事物。这便是熟悉场景中人类存在的强度。那些自认为通过迷醉、通过喜悦、通过癫狂到达不可承受的神圣领域的人，其实在探索的道路上弄错了方向。他们见到的，是边界。他们所体验的，是停止，是在意识中实现的意识可憎又美妙的驻足。

人的可能性是无限的。但他的不可能性，他伟大、命定的不可能性，却是唯一的。

人类世界可知的一切，人都会知晓，或是认出。但人自身的局限，他却永远无法了解它的尺度或情况。或许当前，必须抛开其余种种而接受的，归根结底，正是这关乎不可能的道理:并非出于傲慢、并非出于懦弱,而是为了走上为他设定好的方向。为了不再延迟前进的脚步。为了适应其中。

凡被设想、感知、尝试、想象、思考、猜测的一切,都是实在的。**而除了现实之外,别无其他**。世界不是世界。物质并非物质。空间、无限、微型宇宙、结构、生物法则,都不是外在的。凡存在的一切皆是人的一切。

镜

夜晚,当房间沉浸在电灯泡平稳投下的肮脏又稍显绝望的微光里,当外面的世界落入黑夜、寂静与寂静中万籁的统治,当一切好像在衰退,在吃力地游动,同时又因危险与恨意而沉沉颤动,当物品渗出死亡的汗水,散出死亡的气味,抹上死亡的脂粉,我被无可理解的不安所捕获。他者在此,我感受到了,他者透过窗户与房间里所有敞开的缝隙窥伺着我。它穿上伪装。它将眼睛遍布四周,在天花板的角落里,在门帘与窗帘的褶皱中,在玻璃门把手里,在挂在墙上的温度计里,在挂毯细碎的乱纹中,在椅子的木材里,每一处,每一个它可以监视我、刺穿我的角落。同每晚一样,它栖身于此,与黑夜一同到来,而对此我无能为力。它溜进铁块与塑料颗粒中,跑进玻璃关节里,混入尘埃中;它化作苍蝇、蟑螂,或是蚕食的蛆虫,然后它将颤动的触角伸向我,它伸出大颚,它伸出长满毛钩的腿,它从阴影深处用发亮的小眼睛一动不动盯着我。为了欺骗自己,我说话,我发出声响,我专心工作;但我无法忘记它的存在。我渐渐成了某种受害者。于是我想反抗,我想与它斗争,为此,我在所有物品中与它对视,我挑衅它。我径直走向黑暗的开口,向它们发出挑战。恶魔,恶与未知的强敌,想将我从世上抹去的幽灵,我要用我的生命把它们击倒在地。我调动我的身体、我的眼睛、我的脚、我长满肌肉的手与这些隐形的敌人抗衡。我不再假装无视它们。我向它们表明我知道它们存在,在我四周,而我清楚它们是谁。我透过藏匿它们的物品的天窗盯着它们。我与它们对抗。我甚至朝它们说话,赋予它们各自真正的名:"你,死亡,你,魔鬼,撒旦,鬼魂,游荡的魂灵,夜与痛苦的魂灵,你,是的,你,我认出了你!你伤不了我分毫。你杀不死我。你什么也做不到。显出你的真身,有本事就显出你的面目。现身吧。既然你想,尽管来与我搏斗!可你不能!你不存在。你不过是个幻想,是人的胡言乱语。我可不怕你。你无法让我死去。你无法让我死去。"我念出所有不该说出的名字,用我的身体、我的眼、我的思想,一一向它们挑战。我将匕首放在餐桌显眼的位置,我等待那只手出现,夺过匕首,刺向我的喉咙。我咒骂所有神明与恶魔,我挑衅,无论善恶,我心里明白,它们永远不敢伤及我的生命!它们是隔板另一侧的居民,属于亡者的世界。它们的力量里充满憎恨,因为它们永远无法再属于活人的国度。

但我依然必须时刻监视着它们,我必须时刻在场。我必须时刻紧盯着一切可能让它们流进现实的缝隙。所有灰蒙蒙的窗户,所有阴暗的孔洞,所有反光面,所有在它们重压下如水般颤抖震动、好像随时可能裂开的玻璃片。

于是我把镜面转向墙壁,我盖起玻璃与纱网,我合上打开的书,我把阴暗的角落照得通亮。因为它们正是通过这些地方打量着我,而我也要通过这些地方才能将它们看清。在镜子平面的深井里,颠倒的智性统领一切。现实,再现的真实不复相同。经过复制,它变得危险而不祥。它凹陷坍塌,充满符号。此处坚硬的事物,木头、金属或是石头,在那里都变得空洞;物品成了洞穴。

戏仿有着恶魔的面貌。仿制的宇宙亮出它的讥讽与獠牙。它发出鹦鹉的叫声,沙哑、愚蠢、不怀好意,好像这世上真实与温柔从不存在。镜子,地狱无边无际的领土,不是死亡卑贱的领地,而是生命中恶意所存之所。开向无有的小窗,反射出谎言的虚无。黯淡无光的湖面。

夜幕降临,卧室里,沐浴在电灯泡微弱的暖光下,涌出恐惧的舷窗。与意识相连的世界的图像,演出的图像,这演出突然成了观众,观看着您。是否正是对自我的恐惧,对这道目光的恐惧,好像一把武器倏然反身刺向使用者自己?我们是否惧怕于认出自我?惧怕于被与自我一道凝视的他者所凝视?这是源自某种空无的眩晕,还是源自某种过满、某种再不堪忍受的*自我满盈*的猛击?

意识可能变得过于人性。意识可能变成名为自我的地狱，它出自人，将他撕碎，又摧毁他的景象、他的作品。意识可能便是这股永远迷失的力量。是吞噬分泌出它的腺体的酸液。镜子，便是这种自我残害的表象，是这种必然的自杀的表象。我身上一切不为人知的罪恶、兽性、暴力，这把匕首，这把既陌生又熟悉的剃刀，摆脱我的控制，径直回转向我，刺向我的喉咙，无情地让我鲜血四溢。骇人的魔鬼在此，但它们就是*曾经的我*。凶恶可憎窥视着我，但它的眼睛曾是我的眼睛。他人，就是我，就是我。镜子深处，向我展现的另一种自然里，统治一切的是这位已经属于死亡之人，我了解他如我的父亲，如我的儿子，他时刻威胁着我的生命。

或许必须彻底打破所有恶的镜子；藏匿、打碎、弄脏镜面，让玻璃与反光涂料的映像蒙上水汽，绝不踏出无人见证的场景一步。但人是否真的可以打碎镜子？它们坚不可摧，它们就在此处，无所不在，就在我身边，这难道还不显而易见？物品是镜子。书是镜子。别人的躯体、别人的眼睛是镜子。我自己的手也是一面镜子。我目光所及之处，当这仿制的幽灵出现，在我体内游荡，我所看见的便只有看向我的自己。我转头归来的意识的恶魔遍布整个世界。凡可见、可感、可闻之处皆是它们的领地。故而世界的每一寸都面对着我,发出讪笑。而我无法逃离这些嘲弄。

遮住镜子是徒劳,合上书本、藏起图画是徒劳,销毁照片与显示我存在的熟悉标记也是徒劳,始终有我在此。如此,我向自己展开了怎样的报复?以这等方式暴露自我、迫害自我,我又将自己推入怎样古老的仇恨与持续千年的战争?

这些印刷的书里,是什么在无情追捕着我?思想,荒谬的思想从四方喷涌而出,将我包围。这些抽象的敌人,藏匿在词语之下的敌人,不可战胜。因为为了与之抗衡,事实上,我唯一的工具只有它们本身。当我也备受挫折一蹶不振,又有谁能将我拯救?又有谁能让我振作,或让我躲藏?毕竟,这光秃秃、坚硬、真实的房间里,这世上,除了我,再无他人。男人女人是我,动物是我,物品是我,我看见、听到的,我触碰到的,就是我的眼睛、我的声音,还有我的皮肤。不止如此,更有甚者:我只能看见我所见的,我只能听见我所闻的,我只能碰到我皮肤所触及的。自我消失了。而自我无处不在。我既在中心又在四周,我的认知只完成于我的认知自身。我的现实、我的忧虑、我的胜利就是只感受着于我可能的一切。这就是为什么意识将我推出己身,强迫我成为非我的自己。它领我走进裂口。它以我的形象创造了世界,又以世界的形象塑造了我。

　　死亡,你将我创造又承载着我,我几乎已经回归你身。我一度忘记了你伟大的国度如何令人沉醉,我一度忘记了从你那里习得并保留在生命里的一切。你的领土超乎一切领域,在你之中界限纷纷溶解交汇。凡是明了、绝对、美的事物,世上所有超人(surhumain)的一切,都源自你。所有逃离与无法逃离。所有平静的深渊,所有吞噬精神、海洋的旋涡,所有纯粹而快乐的无限,那些不再是梦想而成为现实的、出发时分的澎湃激情,所有关乎残忍的微小意外、不值一提的情感、微不足道的无力词语的撕心之痛;这一切都是你,内生的、永不餍足的死亡,虚无不知满足、永不厌倦的胃口。你的空无何其广阔,而时间又何其渺小!此世如何可能是真实,这里,无一物长存,无一物延展,无一物盘旋,而彼岸,在你之中,裹尸布却如此广阔、如此有力地张开?当空无充盈至此,便不再是空无!面对这两片从未真实存在过的永恒旷野,生命的骚动与闪烁,我生命的骚动与闪烁无关紧要。唯一重要的,只有这不变、无形的荒漠,这曾经存在,也将会存在的百万又百万个世纪与空间。长久的,难以置信长久的,唯有这空无与黑暗的巨大穹顶,这个压倒、吞噬、消解又使之永恒的圆顶。这空无才是我真正的居所,这黑暗才是我实在的宇宙。被废弃时间的时间永不会流逝,不存在者的存在永不会覆灭。

死亡,你是我的国度,我唯一的国度,死亡,寂静,你是我的声音,我唯一的声音,盲目,你是我的双眼,我独有的双眼,物质中的分离散乱,你是我唯一的统一性,怀疑,你是我唯一的信仰,缺席,你是我唯一的在场,死亡,你便是我唯一的在场。

向着你,向着它们,我走来。从世纪尚不存在的数个又数个世纪开始,从日子尚不存在的日子开始,我始终与你同在。穿过刺目的光与痛苦的欢乐,穿过如雨的尖刺与短暂的爱抚,我走上了我的归途。我备好了余生。我找寻通向已知的永恒的途径,而我梦想着从未有人恶劣地在某日将我唤醒,将我扔进这包骨肉,扔进可感世界短暂的癫狂。

然而,比起无限或某种至高准则,更让人难以理解的是:无(RIEN)的概念,空缺。

我们的世界在此;我们的物质在此;我们的身躯、我们的指甲、我们的头发、我们的皮肤、我们的眼睛,我们的手在此;我们的精神便以这些存在为养料,它是这具躯体的结果。我们所想象的一切,我们所思考的一切,都无法逃脱这具肉身的限制。如何相信所有这一切,原始、猛烈的一切,如何相信所有这存在过的一切,曾经或将会不复存在?当死亡将我们消解,我们如何能不死而复生?我们怎可不随着交流的节奏,不断重塑自身?永恒的法则、灵魂、身体的复苏、生命的延续、进步、精神的永恒,这一切难道只是谎言?难道除去存在之物外再无其他,无物宣告它的出现也无物延续它的存在?时间之前,物质之前,在我因经历过所以确认其真实性的事物之前,难道果真**一无所有**?这怎么可能?永恒,存在的永恒,或许它的国度建立在生死之外。物质无极、无常,但也没有尺度、没有历史,物质四处扩张,填满一切。它没有穷尽,因为它无所谓无穷。故而存在不同于活着。生、死不过是无关紧要的形态,一如植物或矿物。生死皆是物质在诸多形式中的一种选择。什么才是这种物质的根本准则?运动?可我们如何能发现这种只是存在着,甚至不是法则的法则?如何创造无人可以否认的唯一事物,如何创造存于世间又不出于世间的唯一准则?

　　沉默、无有、静止,这便是不可能的词汇。或许这便是对人类而言唯一不存在的深渊。一切运动。一切存在。一切声响。不可能平静,就好像不可能一无所有。一切都在场,且不会消失。一切变化,一切构成,生而复死,但又始终保持*原样*。与一切对立又并不真正对立的,相对退居后方、不可简化、不可更改,始终纯粹、恒常、充满魔力的,便是存在之物的力量。

人类最大的希望就在于此,千真万确:他们只有从这一点出发,才能开始他们的形变、他们物质的迷醉:再没什么将会消失。无论生命中,还是死亡里,无论逐渐消融于空间的最大宇宙里,还是最小的王国中,还是原初力量几乎抽象的存在里,将会有,一直有,有着某物。**某物**。

但这也是绝望所在。人为未知也无法知晓的事物所折磨,却无济于事。生者与死者可以相互理解、喜爱。但在此之外的一切,那些无处不在、显然的事物,那个存在不可触及的领域,却无人得以知晓。坚实、无常,我们尽可憎恨。我们尽可观察、触摸这一切:所谓烟灰缸、纸张、空气、阳光、水、玻璃,我们尽可知晓;因为它们身上带着生与死、善与恶,总而言之即人的熟悉印记。它们与社会息息相关。人们对此并不陌生。他与之比邻而居,可以了解它,或识别它。活人眼中的物质里包含着所有快乐与灾难。人可以因之获得满足,就像拥有一座宁静的居所,他可以在其中界定边界、法则、节奏。他可以平静地清点物品。或者他也可以反抗,可以咒骂。这始终是他的领土。这依然是他的世界。

然而何其可憎呵！这预感何其丑陋残酷，有个宇宙中人的一切不复存在！必须驱赶、掩埋、击毁这个幻景，好把它永远忘记！可人无法忘却！这无以表达、不可感知的眩晕，物质杂陈、物质自在的可怕世界的眩晕，生与死的亲切面孔被排除在外。这个连虚无都不可能的世界！然而它却是所有现实的根基，切实具体，就在此处。我触碰到它。我在这个世界之中。我是这个世界的一部分，我呵，癫狂中一度以为自己终会死去，我呵，一度妄想通过死亡跻身神位，好抓住我最后的机会，确认自己是某个独一无二的**时刻**这可怜的最后机会。我呵，带着谦卑而绝望的骄傲选择栖居于某个并非从来有之的处所。从我想象出的空无里，我汲取存在的力量。从有朝一日万物皆无的希望里，我寻得活着的勇气。我用死亡与自我抗衡，以为获得了胜利。我曾想创造，被创造的我也想创造我的造物。我曾想毁灭，当我在死亡中被毁灭，我也想毁灭所有围绕四周、由我构想的事物。我即是虚无的神祇，于空无处开创，从尘世里剥夺。

但死亡没有将我从所在之物中剥离。所在之物，超越生死而存在，坚不可摧。所在之物，曾在亦将在。这便是否认了物质的无尽领域时，我向自己隐瞒的事。我曾渴望骇人的死亡,因为我无法构想恐怖统治的无所不在的国度。我曾将死亡视作终结,因为我无法忍受世界于无我之处继续存在。但死亡不是停止;它是一条通道,一种方式。生命不统领一切;它是一条通道,一种方式。万物存在。万物在场,它是动用所有方式、展示所有面具的绝对在场。拨开迷雾之后并不会发现空无,正如夺取鲜活的面孔之后并不会打开通往否定的大门。

微笑,现实无情而难以捉摸的微笑。现在我看见你蔓延、扩大,永不消亡。雕像般冰冷的微笑,你的真实永远是真实。长生不死的古老梦想,或许将我们欺骗,却不比死亡的梦境更虚假。设想过永不终结的生命,又设想过终有尽头的生命,我们最终应该想象为理性所拒绝却为现实所展现的情况了。坚实的、如此坚实的存在,彻底充盈、填满一切的事物的存在。无可消解的膨胀的存在,无可阻断的漫长的增压,所有我无从认识也无从言说的一切,所有将我拒之门外、只因它早已被给予我的一切,它让这个世界,在它的物质里,永恒而毫无秘密地**完满**着。

一本书,有何用?

用来写。用来写、读、画。

用来写所写之事,用来读所写之事。

用来画动物、植物、鱼、烟灰缸、书、人、孩子。

用来画一切所见之物。

也用来数数,用来记数。

用来讲故事,猫头鹰的故事,凹口的山与有狼的森林的故事。

用来创造天空,创造太阳,创造一件衬衣。

用来创造一个花盆和一根香烟。

我们涂画。我们上色。

画房子。

画蝾螈和蜗牛。

可以在正面画,然后在反面画。

可以用蜡笔画,毛笔画。

还可以用火柴。

用麦秆。

用树叶。

用头发。

用草。用小木块。

可以粘贴,可以用剪刀裁剪。

一本书，也可以是一个盒子。

它也用来唤起回忆。

用来涂鸦。

用来藏东西，让谁都找不到。

也用来寄信。用来装邮递员送来的信和卡片。

用来贴照片。

一本书，用来读报纸。

我们写下字母，那些 O, A, Z, W。

写下**佐罗**、**猫**、**伊莎贝尔**。

用来在花园里奔跑。

一本书，用来记下昨夜做的梦。

而当我们尽了兴，只须把它扔进垃圾箱。

以及所有这些名字,所有这些名字①,埃尔·迪亚兹·德·贝尔通切洛、韦斯、A. 布勒东、庞塞·德莱昂②、雅坎、亚历山大·弗利克、约翰·詹姆斯、M. 雷斯③、米歇尔·格里约、尼古拉·惠勒、乔治 & 多娜·布莱希特④、马吉、N. 萨洛特⑤、D. 约翰逊、朱迪特、苏西尼、亨利·焦尔当、M. 波梅罗、菲利普·雅内塔、彼得罗保利、奥尔登堡、A. 皮埃

---

① 下文列举名字多不可考,故仅对部分姓名的可能出处加以注释。另有一些著名文学家、艺术家未作详注,如布勒东、塞林格、萨特、贝克特等。所有未有定译的人名均参考商务印书馆出版、新华通讯社译名室主编《法语姓名译名手册》(第二版,2019)、《意大利语姓名译名手册》(2012)、《德语姓名译名手册》(2014)、《西班牙语姓名译名手册》(2015)翻译,对难以确定语言来源的姓名,则按法语发音音译。另有部分可能为地名或机构名。

② 庞塞·德莱昂(Ponce de Léon,1474—1521),西班牙征服者,曾随哥伦布前往美洲,首任波多黎各总督,1513 年带领欧洲探险团到达佛罗里达,因寻找青春之泉的传说而闻名。

③ M. 雷斯(M. Raysse),可能指马夏尔·雷斯(Martial Raysse,1936—),法国新现实主义画家、演员。

④ 乔治·布莱希特(George Brecht,1926—2008),美国概念主义艺术家、先锋作曲家。

⑤ N. 萨洛特(N. Sarraute),可能指娜塔莉·萨洛特(Natalie Sarraute,1900—1999),法国当代著名的新小说派作家,作品有《一个陌生人的画像》《童年》《天象馆》。

尔·德·芒迪亚尔格①、G. 兰布里希②、马塔拉索、约那·利乌特库斯、Y. 勒克莱齐奥、莫莱蒂、马里奥·梅西耶③、隆巴尔博士、康代拉、维斯基博士、贝尔格、莫里塞、J.-L. 保利、W. 贡布罗维奇④、E. 拉卢、福尔绍特、卡瓦勒罗画廊⑤、法蒂耶、加布里埃尔·茹塞、J. 皮克马尔、让·梅西耶博士、J.-L. 戈达尔、莱万蒂、凯尔内伊斯、弗拉迪米尔·埃尔克马可夫、萨卢佐、弗朗索瓦·杜弗莱那⑥、波米耶、A. 儒

---

① A. 皮埃尔·德·芒迪亚尔格(A. Pieyre de Mandiargues),可能指安德烈·皮埃尔·德·芒迪亚尔格(André Pieyre de Mandiargues,1901—1991),法国作家,参与超现实主义运动,1967年发表小说《边缘》(*La Marge*)获当年龚古尔文学奖。

② G. 兰布里希(G. Lambrichs),可能指乔治·兰布里希(Georges Lambrics,1917—1992),法国作家、批评家、出版人。1959年至1992年间曾在伽利玛(Gallimard)出版社主编"路"(Le Chemin)系列丛书,其中包括勒克莱齐奥发表的第一部作品《诉讼笔录》。

③ 马里奥·梅西耶(Mario Mercier,1945—),法国尼斯出生,画家、作家、导演。

④ W. 贡布罗维奇(W. Gombrowicz),可能指维托尔德·贡布罗维奇(Witold Gombrowicz,1904—1969),波兰小说家、剧作家和散文家,作品有《色》《巴卡卡伊大街》《费尔迪杜凯》《宇宙》等。

⑤ 卡瓦勒罗画廊(Galerie Cavalero),位于法国尼斯。

⑥ 弗朗索瓦·杜弗莱那(François Dufrêne,1930—1982),法国新现实主义画家与字母派诗人,以拼贴技巧与有声诗艺术实践闻名。

弗瓦①、保罗·哈里森②、马克思·恩斯特③、马拉瓦尔④、爱德华·阿马杜尼、米肖、莫里斯·勒迈特⑤、兰弗兰基、道格·塔平、门卡里尼小姐、韦尔费尔、萨皮亚、米勒、弗伦奇夫人、德·阿尔贝蒂博士、阿尔芒·费尔南德斯⑥、勒瓦米、安德烈·里基耶、B. 方丹、雷伊·约翰逊⑦、麦克·罗林斯、麦克·罗森伯格、勒帕热、弗兰特、乔治·舍恩、泰德·琼斯⑧、米尼科尼、A. 杜尚、G. 博维斯、佩塔·奥尔塞雷亚、阿科拉、阿洛科、奥格、普里金、洛夫、布托尔、O. 迪朗、拉蒙

---

① A. 儒弗瓦（A. Jouffroy），可能指阿兰·儒弗瓦（Alain Jouffroy，1928—2005），法国诗人、小说家、评论家，有《生活重塑》《黑夜的蝴蝶》等作品。

② 保罗·哈里森（Paul Harrisson），可能指英国环保主义作家保罗·哈里森（1945— ）。

③ 马克思·恩斯特（Max Ernst，1891—1976），法国著名超现实主义画家，雕塑家。

④ 马拉瓦尔（Malaval），可能指让-保罗·马拉瓦尔（Jean-Paul Malaval，1949— ），法国作家。

⑤ 莫里斯·勒迈特（Maurice Lemaître，1926—2018），法国导演、画家、作家、诗人，自20世纪50年代起参与法国字母派先锋运动。

⑥ 阿尔芒·费尔南德斯（Arman Fernandez，1928—2005），法裔美国艺术家，其最著名的艺术品为"集合物"（*Accumulations*）。

⑦ 雷伊·约翰逊（Ray Johnson，1927—1995），美国艺术家，新达达主义与早期波普艺术代表人物。

⑧ 泰德·琼斯（Ted Joans，1928—2003），美国爵士诗人、超现实主义者、小号手。

特·扬①、彼得罗夫、弗朗坎、亚历克斯·洛罗、杰克逊·马克·洛②、约翰·沃伦、梅特卡夫、诺埃尔·库蒂松、戴安娜·马修、J. D. 塞林格、R. 伊斯内尔、约翰·凯奇③、比加、伊蕾娜·肯达尔、F. 布苏特罗、莫伊拉、雅克诺、克拉拉·勒鲁、J. 奥尼姆斯、雪利·曼恩④、凯鲁亚克、明格斯⑤、Y. 里维埃、博尼法西、莫拉纳、P. 加朗、阿拉塔、克洛德·马萨、T. 蒙克⑥、纳塔利尼、安雅、佩罗蒂诺、J.-L. 戈丹、康泰⑦、波兰斯基、克拉克、德雷福斯、蓬特雷莫利、爱德华·

---

① 拉蒙特·扬(La Monte Young, 1935—),美国作曲家,被认为是美国简约音乐代表人物、战后先锋音乐重要人物。

② 杰克逊·马克·洛(Jackson Mac Low, 1922—2005),美国诗人、行为艺术家、作曲家、剧作家。

③ 约翰·凯奇(John Cage, 1912—1992),美国作曲家、音乐理论家、哲学家,20世纪西方音乐史重要人物,"偶然音乐"代表人。

④ 雪利·曼恩(Shelly Manne, 1920—1984),即 Sheldon Manne,美国爵士鼓手,最常与西岸爵士风格联系在一起。

⑤ 明格斯(Mingus),可能指查尔斯·明格斯(Charles Mingus, 1922—1979),美国爵士贝斯手、作曲家、钢琴手。20世纪美国爵士乐代表人物。

⑥ T. 蒙克(T. Monk),可能指塞隆尼斯·蒙克(Thelonious Monk, 1917—1982),美国爵士乐作曲家、钢琴家。波普爵士乐创始人之一。

⑦ 康泰(Kanters),又译坎特斯。

大卫①、拉威尔·德·拉尔让提埃、沃捷·本②、J. 布罗斯③、罗贝尔·居诺、通内利、卡雷尔、西雷博士、马洛塞纳④、望月芳郎⑤、加埃唐·皮康⑥、蒙多罗尼、马塞尔·A. 吕弗⑦、波尔塔尼埃利、布劳布格尔、格诺、室利·阿罗频多⑧、康拉德·楚琴科、阿尔贝蒂尼、瓦泽与塔代、M. 科

---

① 爱德华·大卫(Édouard David,1863—1932),法国诗人,著有诸多庇卡底语(picard)诗歌。

② 沃捷·本(Vautier Ben,1935—),法国先锋艺术家。本名本雅明·沃捷,简称为本,在尼斯生活及进行艺术创作。

③ J. 布罗斯(J. Brosse),可能指雅克·布罗斯(Jacques Brosse,1922—2008),法国博物学家、宗教史学家、哲学家,著有作品《发现中国》(已译成中文)。

④ 马洛塞纳(Malausséna),可能指米歇尔·马洛塞纳(Michel Malausséna,1954—),法国电视制片人、导演,出生于尼斯。

⑤ 望月芳郎(Yoshiro Mochizuki,1925—2003),日本翻译家、法国文学学者,勒克莱齐奥作品日语译者。

⑥ 加埃唐·皮康(Gaetan Picon,1915—1976),法国散文作家、文学批评家。曾任法国水星出版社(Mercure de France)社长,并在马尔罗担任法国总统府国务部长期主管文学艺术事务。

⑦ 马塞尔·A. 吕弗(Marcel A. Ruff,1896—1993),法国文学批评家,曾任尼斯大学文学院院长,著有《兰波,其人及其作品》(*Rimbaud, l'homme et l'œuvre*, 1968)。

⑧ 室利·阿罗频多(Sri Aurobindo,1872—1950),印度政治人物、哲学家、诗人。被称为"圣哲阿罗频多",印度"三圣"之一(另两位是圣雄甘地、圣诗泰戈尔)。

勒、尼埃尔、埃尔热①、桑特里科、J. 罗斯丹②、A. 塔塔凯维奇、J. C. 斯坎坦布罗、马迪·沃特斯③、泰西埃、卡帕、科斯塔、米拉尼、J. P. 贾内蒂、安德烈·米奥、约翰尼·斯莫尔、J.-P. 萨特、A. 迪南、贝尔诺、M. 德·莫特马尔、玛丽-约瑟夫、吉米·斯金纳④、克劳迪乌斯·维朗、米可·波斯扎、洛伦吉尼、什洛米特·尼凯尔、路得、S. 贝克特、塞拉农、阿蒂庸、穆罕默德·塞居拉、阿蒂庸、勒努尔、奥特·本·阿马尔、奥尔托利、P. 克罗索斯基⑤、R. 博瓦、拉马、R. 雅弗利、

---

① 埃尔热(Hergé),即乔治·普罗斯珀·勒米(Georges Prosper Remi,1907—1983),比利时著名漫画家,埃尔热系其笔名(法语中其名首字母 RG 的读音),《丁丁历险记》的作者。

② J. 罗斯丹(J. Rostand),即让·罗斯丹(Jean Rostand,1894—1977),法国生物学家、科普作家,法国科学院院士。

③ 马迪·沃特斯(Muddy Waters,1913—1983),原名麦金利·摩根菲尔德(McKinley Morganfield),美国蓝调音乐人,被称作"现代芝加哥蓝调之父"。

④ 吉米·斯金纳(Jimmie Skinner,1909—1979),美国乡村音乐及蓝草音乐歌手、作曲家。

⑤ P. 克罗索斯基(P. Klossowski),可能指皮埃尔·克罗索斯基(Pierre Klossowski,1905—2001),法国作家、翻译家、艺术家,向法国译介过维特根斯坦、海德格尔、赫尔德、卡夫卡、尼采等人的作品。

J. 皮亚捷①、N. 德·斯塔埃尔②、斯科菲耶、克兰、阿拉贡、儒勒·布朗、埃内斯特、尤内斯库、巴拉托尔、杜斯基、马克·拉格朗、贝纳泽拉夫、弗拉马里翁、塔隆、M. 纳多③、勒卡、海森贝格、保罗·德·卡斯特罗、J. 马蒂、J.-P. 塞列斯、奥内斯蒂、勒内·盖农④、米格尔·克里多斯、M.-F. 维兰、埃兹拉·庞德、玛利亚·米夏洛维奇、戴纳·威利斯、卡穆斯、P.-P. 布拉科⑤，以及所有其他，所有其他不在名单上的人，那些出于热心、敌意或冷漠，与我同时写下这一切的人。

---

① J. 皮亚捷(J. Piatier)，可能指雅克琳娜·皮亚捷(Jacqueline Piatier, 1921—2001)，法国记者、文学批评家。1967 年创办《世界报》文学板块，并负责该板块至 1983 年。

② N. 德·斯塔埃尔(N. de Staël)，可能指尼古拉·德·斯塔埃尔(Nicolas de Staël, 1914—1955)，俄裔法国画家，抽象表现主义代表人物。

③ M. 纳多(M. Nadeau)，可能指莫里斯·纳多(Maurice Nadeau, 1911—2013)，法国文学批评家、编辑。著有《超现实主义史》(*Histoire du surréalisme*, 1945)，是研究超现实主义的重要参考。

④ 勒内·盖农(René Guénon, 1886—1951)，法国哲学家，传统主义学派主要奠基人。晚年前往开罗，有过一段信仰伊斯兰苏菲教的经历，1951 年在开罗去世。

⑤ P.-P. 布拉科(P.-P. Bracco)，可能指法国作家皮埃尔-保罗·布拉科(Pierre-Paul Bracco)。

是否必须将所有这些词语、思想、行动连缀起来？是否必须发出指令，赋予精神？

这条街道，原原本本呈现在我眼前，好像一幕日常景象，颜色或暗淡或鲜艳，发出寻常、熟悉、人人知晓，却又无法捕捉的声音，这一小段绝望又温柔的街道，这个汇聚体与线的原型，在它不变的边界内播散着不歇的运动，这条街也向我展现出了它同质的身躯，其中既无可删减，也无可添加，它的躯体总是作为整体被呈现给我的感官，无可创造也无可删除。我又能做些什么？这个世界哪里有我行动的位置，我的存在又有何用处？我要栖居在此，或许要去感受、去倾听、去阐释、去想象。但我却不能用被给予我的这一切作一出人的剧目，因为这一幕如此深陷于自身的演出，深陷于它街道本质的戏剧中。

右侧，被刷成脏白色、墙面剥落的建筑物。左侧，镶嵌在绿色花园里的红色别墅。在这两列住所之间，道路微微蜷曲向下延伸，消失在百米开外的十字路口。稍前一些，一家面包店。再前一点，有个漏水的直饮水龙头。汽车沿着人行道停放，车道路面则翘起，发灰，被扒开又修复了千百次。腐叶燃烧飘出难以形容的气味。时不时有一辆车，引擎轰鸣，从路上开过。不知哪里的电视机传出嘈杂声，在寂静中回荡、飘动、混合，悄无声息地轰然作响。这一切都在场，猛烈又暴虐，这一切击打、闪耀出此等的真与实，以至近乎疯狂。可与此同时，虽然说不清怎么会如此，现实又从中离开，放任自流，就这样脱离了自己的底座，漂浮起来，像个影子般将它替代，又像个梦境般将它否认。

无论在大街上，还是在它的复制品里，都有人形走过。女人，穿着羊毛大衣的厚重女人，头上裹着方巾，走在水泥或沥青路面上，尖头鞋跟狠狠敲击着地面。就这样，女人们走过，推着婴儿车，或是提着塞满蔬菜的购物袋。孩子们充当帮手。孩子们沿着墙边奔跑，追打嬉闹，大声尖叫。两个小姑娘，一个十三岁，另一个六或七岁的样子，在左侧的人行道上行走；某一刻，十三岁的女孩儿推了七岁女孩儿一下，差点让她跌倒。后者加快了脚步，走到另一个身前，时不时回头看看，以防对方再来推她。

稍晚一些，一个穿着工作服的男人走过，肩上扛着一把梯子。

接着来了两个上了年纪的女人，其中一个头发染成红棕色，另一个则戴着一顶绿色毛毡帽。她们的对话回荡在狭窄的街道上，但她们又好像什么都没说。她们谈到疾病、日常花销、孩子、丈夫、暖气。

孩子,说黑帮、汽车、飞机。

成年男人,谈钱,谈工作,谈女人。

服丧的老太太,谈论死亡。

这些都是转瞬即逝的动作,一瞬而过的简单动作建起联系,然后便被广袤的空无彼此分开。它们是不透明的,每一个都在它独立的轨道上滑动,永不再相遇。它们来自不确定之处,又归于不确定之所。这一刻,这条街上,等待它们的,本来也可以是死亡。这些运动本来也可以不在场,这些话语本来也可以永不被说出。命定不存在,它们的在场没有任何必然性;它们成为自身的必然性内嵌于它们自己的存在中。这个穿着灰雨衣的女人,这个梳着偏分头的男人,这个沿着人行道奔跑的小孩都活在明见里,也仅仅活在显然的自明中。

他们是否意识到了这一点?世界是否可以被简化为他们中的某一个?不,一切发生,在某一刻生出自己的符号,却无法给出它的*证明*。这个整体协调、恰当、合理,这个整体并不荒谬,它的生命远远独立于人的精神而进行。此刻之所在,不可触及的此刻的所在,便是它自己的认知,它自身的证明。

这些男人、孩子、女人,还有这些狗、昆虫、植物、墙、空气与水的分子，何必尝试掌控它们？这些个体彼此分离、自主，既依附又独立，它们的形状与存在各不相同，却又彼此相似，都是一样方在方不在的水滴，是否应该赋予它们共同的灵魂？是否应该将它们的种种习惯与思想系在同一根绳上，是否应该用生命的联系将它们集合一处对抗死亡？

这何尝不是一种欺骗，为爱而欺骗，为理解而欺骗？

这条街，一如其他街道，一如其他属于此刻的地点，统统从我手中溜走了。我在那里，但与此同时，我又不在。我扎根于现实，在被感知到的时空里，我却不能继续伸展自我。这幅场景，尽管有真实的面貌，却让我认识到它平白、无智性的本性。接受一切符号，承认此刻的所有感觉，我看出它们既无节奏也不矛盾。不和谐。不高效。不美不丑。不广阔也不逼仄。不可怕。不人性。不精致。不快乐。

语言从世界逸亡。离开时，也拆散了命运与前景的巨网。一瞬间，对立与定义统统停止，就这样，无论我是否刻意希求。随着时间不停繁殖出它各式各样的运动，在我体内与四周，再无他物，只剩下这幅街景，街道狭窄，汽车或停或行,男人、女人、孩子谈论着、思考着,狗在叫,鸟飞过空中,老墙上盖满斑驳的画漆,它们都属于这条无一物需要理解的街道,属于这坚硬确实的一隅,无数至关重要又无关紧要的事件在此发生,在这里,在这颗独自在黑暗太空中转动的奇特球形大地上。

现实无可想象的旷野,坐标清晰的现实难以想象的旷野,我想看见它。我想触碰所有可以触及的。品尝所有可以品尝的。感受所有可以感受的。去看、去听、去接收,通过所有孔洞,接纳源于世界又将它塑造为景观的所有波长。我想让这个变了形的造物通过这些窗口与缝隙流入,然后用非人之物的图像将它补偿。我想剜除体内疼痛的溃疡,悲剧的、纯洁与不纯、近与远、生与死的溃疡。我不想再做世界中心这个孤独的人;这个可憎的人,对他而言一切业已完成,又通过他完成。这个人创造了自己的神祇又把祂们诅咒,这个人沉醉于自己的谜,渴望知道人无法知晓的事。

他已将非-悲剧所必需的谦卑抛诸脑后。他忘记了快乐不是抵抗不幸的武器,而是他的生命力本身。他忘记了一旦他人为的计谋不再是人为的,便不再伟大。他忘记了他的理智,还有他感性的棱镜,只有在被认作谎言时才能成为他的真实。唯有当大地富于人性,才最远离人形。唯有当人在关于实在的问题上,用语言的奴隶欺骗自己,他才最接近平实、精确,最接近周遭巨大的明见性中生出的原初不幸。

像这样的街道,数以百计,或许,数以千计;世界的每个角落,都有一条街,等着呈现出它温柔而细致的幻景。在北京,在清迈,在多伦多,在马德里,在克莱蒙-费朗,在布拉雷纳,在伦敦,在但泽,在马赛,在尼姆,在突尼斯,在卡萨布兰卡,在奥戈贾①,在阿姆斯特丹,在都柏林,在莫斯科,在阿尔本加,在路易港,在布拉柴维尔。

| 在盐湖城 | 在洛桑 | 在圣艾蒂安② |
| 在蒂华纳③ | 在桑给巴尔④ | 在巴尔的摩 |

---

① 奥戈贾(Ogeja),尼日利亚小城,勒克莱齐奥童年随母亲赴非洲寻找父亲时居住的地方。
② 圣艾蒂安(Saint-Étienne),又译圣埃蒂安、圣太田,法国东南部罗讷-阿尔卑斯大区(Rhône-Alpes)卢瓦尔省省会。
③ 蒂华纳(Tijuana),墨西哥西北边境城市,墨西哥下加利福尼亚州最大城市。
④ 桑给巴尔(Zanzibar),东非坦桑尼亚联合共和国城市。

在蒙得维的亚①　　在欧坦②　　　　在孟买

在符拉迪沃斯托克　在布莱顿　　　　在提尔斯克③

在天津　　　　　　在圣埃利耶④　　在巴勒莫⑤

在日内瓦　　　　　在达拉斯　　　　在尼什⑥

在帕尔马　　　　　在广岛　　　　　在德班⑦

在阿巴卡利基⑧　　在休斯敦　　　　在阿雅克肖⑨

在加尔各答　　　　在马尼拉　　　　在彼得罗夫斯克

在圣玛丽娜⑩　　　在拿骚⑪　　　　在圣克鲁斯⑫

---

① 蒙得维的亚(Montevideo)，乌拉圭东岸共和国的首都及最大城市。

② 欧坦(Autun)，法国中东部勃艮第-弗朗什-孔泰大区(Bourgogne-Franche-Comté)城市。

③ 提尔斯克(Tyilsk)，爱尔兰市镇，又写作 Tulsk/Tuilsce。

④ 圣埃利耶(Saint-Hélier)，指英国皇家属地，英吉利海峡上泽西岛(Jersey)首府，或指法国中东部勃艮第-弗朗什-孔泰大区市镇。

⑤ 巴勒莫(Palerme)，意大利西西里岛首府。

⑥ 尼什(Niš)，塞尔维亚第三大城市，位于塞尔维亚中南部。

⑦ 德班(Durban)，南非城市，人口仅次于约翰内斯堡与开普敦。

⑧ 阿巴卡利基(Abakaliki)，尼日利亚东南部埃邦伊州(Ebonyi)首府。

⑨ 阿雅克肖(Ajaccio)，法国科西嘉岛首府。

⑩ 圣玛丽娜(Sainte-Marine)，法国布列塔尼大区(Bretagne)港口市镇。

⑪ 拿骚(Nassau)，美洲大西洋西岸、加勒比海以北巴哈马的首都。

⑫ 圣克鲁斯(Santa Cruz)，或指玻利维亚第二大城市，圣克鲁斯省省会。

在慕尼黑	在佩鲁贾	在卡宴①
在赫尔辛基	在阿卡雄②	在耶路撒冷
在布达佩斯	在巴厘	在切罗基③
在塞得港④	在廷巴克图	在瓦哈卡⑤
在丘姆拉⑥	在旺沃⑦	在托木斯克⑧
在卡刚果⑨	在温泉市⑩	在斯特龙博利⑪
在布罗姆		在巴拿马
在柏林	在米利⑫	在马尔默⑬

---

① 卡宴(Cayenne),南美洲法国海外大区法属圭亚那首府。
② 阿卡雄(Arcachon),法国西南部新阿基坦大区(Nouvelle-Aquitaine)城市。
③ 切罗基(Cherokee),美国东南疏林地区的原住民族群,现多居于俄克拉荷马州东北部。
④ 塞得港(Port-Saïd),埃及东北部城市,全国第二大港口。
⑤ 瓦哈卡(Oaxaca),墨西哥南部城市。
⑥ 丘姆拉(Çumra),土耳其南部城市。
⑦ 旺沃(Venves),巴黎西南郊市镇。
⑧ 托木斯克(Tomsk),俄罗斯西西伯利亚平原东南部托木斯克州首府。
⑨ 卡刚果(Kaconge),应指 Kakongo,原中非小国名,位于今刚果共和国与安哥拉境内。
⑩ 温泉市(Hot Springs),或指美国阿肯色州一座市镇。
⑪ 斯特龙博利(Stromboli),意大利西西里岛北部利帕里群岛(Lipari)中的一座岛屿,与岛上火山同名。
⑫ 米利(Milly),法国诺曼底一个市镇。
⑬ 马尔默(Malmö),瑞典第三大城市,位于波罗的海海口。

利摩日①	在墨西哥	在维尔芬②
在圣日龙③	在河内	在里斯本
在苏城④		在贝伦⑤
在巴黎		在直布罗陀
在伯尔尼	在尼尼微⑥	在墨尔本
在昂蒂布⑦		在康塞普西翁⑧
在曼谷		在那不勒斯
在摩纳哥		在莱索斯⑨
在廷塔哲⑩	在卡尔塔尼塞塔⑪	

---

① 利摩日(Limoges),法国中南部城市,属于新阿基坦大区。
② 维尔芬(Werfen),奥地利萨尔斯堡州市镇,霍亨维尔芬城堡(Hohenwerfen)所在地。
③ 圣日龙(Saint-Girons),法国西南部奥克西塔尼大区(Occitannie)市镇。
④ 苏城(Sioux City),美国艾奥瓦州西北部城市。
⑤ 贝伦(Belem),巴西北部最大港口城市。
⑥ 尼尼微(Ninive),位于今伊拉克北部尼尼微省首府摩苏尔附近、底格里斯河东岸,古亚述帝国重镇。
⑦ 昂蒂布(Antibes),法国东南部普罗旺斯-阿尔卑斯-蓝色海岸大区(Provence-Alpes-Côte d'Azur)城市。
⑧ 康塞普西翁(Concepcion),智利中南部城市,第二大城市。
⑨ 莱索斯(Leixoes),葡萄牙重要港口,靠近波尔图。
⑩ 廷塔哲(Tintagel),英国康沃尔郡廷塔哲沿岸廷塔哲堡名。
⑪ 卡尔塔尼塞塔(Caltanissetta),意大利西西里岛中部城市。

无限居中

在斯武普斯克①

在邓迪②

在韦利日③　　在布加勒斯特

　　　　　　　在格拉茨④

在勒热夫⑤　　在埃尔乌索克⑥

　　　　　　　在耶克拉⑦

　　　　　　　在圣达菲

　　　　　　　在圣达菲

　　　　　　　在圣达菲

这些扬起灰尘的柏油路，铺着土或水泥人行道，分布着下水道口与喷泉，种着梧桐或棕榈树，摆着或空或满的垃圾桶，所有这些城市里的所有这些街道，在阳光下，阴天里，

---

① 斯武普斯克(Stolp)，波兰西北部城市。
② 邓迪(Dundee)，苏格兰第四大城市。
③ 韦利日(Velizh)，俄罗斯斯摩棱斯克州(Smolensk)西北部城市。
④ 格拉茨(Graz)，奥地利东南部城市，第二大城市。
⑤ 勒热夫(Rzhev)，俄罗斯特维尔州(Tver)南部城市，二战中1942至1943年间，苏德勒热夫战役发生地。
⑥ 埃尔乌索克(El Ousseukr)，又名艾因代海卜(Aïn Deheb)，阿尔及利亚提亚雷特省(Tiaret)市镇。
⑦ 耶克拉(Yecla)，西班牙东部市镇。

在雨中，在来自沙漠的沙暴里，又或在猛烈的冰雪风暴中，女人、孩子、男人、汽车、狗、猫和老鼠用脚步丈量的街道。所有这些我不断从中走过的真实街道，这些坚硬又冰冷，闪闪发光，死气沉沉的丛林，时间在其中留下残渣与粪便，所有这些我在探险中不停漫步的街道。它们承载着文明，与非文明的事物。它们承载着个体的集合，聚集一处，被我观看又观看着我的人群。这里，温柔不存在。误会与谎言不存在。原则不存在，体系不存在。我被赶出卧室，我被说服去相信一切无形的事物。在这些街道上，我变得与别人无异，而别人又与他物无异。每个角落，每一寸陈旧肮脏的土地都在这样告诉我，我并非自我，而我又只是自我，绝非其他。它告诉我，我从来，一直且总是无关紧要。而所有既成的事物都来源于未知，它有万千面孔，万千力量，而我只能识得其中那些因为被给出，所以显露的部分。

文明的签名写满墙面。油纸、生锈的罐头、刻了字的树皮都保留着鼓动人心的文字的疤痕。这些陌生的、不起眼的词语，这些名词和动词，被置于此处，比它们的意义存在得更长久：

杰基 oas 万岁

OAS①

反对苏维埃

时间赋予这些景色它们从未真正蕴含过的思想。这种文明不是某种思想；它不是某个集体的灵魂。它是一种气候，万事万物沉浸其中、参与其中。被锈蚀的旧金属、被尿染黄的混凝土，浸在泥水里的破报纸，女式高跟鞋印，被大水冲过的玻璃橱窗，这一切构成了文明。它们形成一个紧密的、不可分割的整体，它们展现出文明精确而即时的图景，这才是所谓灵魂。人类就在这片领地上生活，他们以这种物质为养分，他们喝过这里的水，他们呼吸过这里充满烟尘的空气。他们认得这个秋天，他们曾在这片大海里游泳。他们看过这些云、这个太阳、这片天空。正是通过这些，他们实现了自己的存在。

人群，不可分割而强大的人群，就像一股水流，就像一股光芒暗淡的巨大岩浆，它前进，它在地表流动，它即是它。

---

① OAS，即秘密军队组织（Organisation de l'Armée secrète）。阿尔及利亚战争期间短暂存在的法国极右翼政治军事组织，1961年2月11日成立，反对阿尔及利亚独立，曾策划实施了多场恐怖袭击活动。

从无一物可以从中分离。但也从无一物可以给出这种聚合的密钥。正因不可分解,这运动不息的浪潮才无法被命名。

人无论在可想象的领域走得多远,依然无法解答这种坚实的、物质的联合。没有一种思想可以分解,也没有一种思想可以聚合。这是不确定的潮流,是这股人之热运动、弥散、无边的潮流。这些人不是兄弟。不是应该去爱,或服务的人。而是我种族的人,我物种的人,他们是遍布世界的动物,长着我的手,我的脸,我的肚肠,我的神经,与我看着同一轮太阳。

希腊人的太阳,波斯人的月亮。世纪相属,或可穷尽,往昔与未来或可大张它们致命的沟壑。思想无尽,或可留下它绝望的道路。它始终存在,这片土地,这颗太空中旋转的泥球,这场在所有不同生命中不断上演又始终同一的景观。

当大幕升起,布景总是相同。而观看的人,即便改变了看的方式,依然是同一个人。物种延续,在时空中奇迹般地前行,根本毫无意义!非物质的巨大身躯依然这般分裂、存续,因为它的目的不是征服。它既不要证明某个思想,也不要服从某种巧合。无名之物才是它的目的。波动的生命,冗长而永不疲倦的生命,或许诞生于无、走向无方的生命,与死亡平行的生命,现在我与你合一,而我热爱着你;可有朝一日你会将我抛弃,而我既不知为何也不知如何。若不自我革新,便无意义的生命。

神的形象。

神的形象。

活生生的神,因为,就像祂,或作为祂,你也亲手创造出自己。你也超越了窥视着的虚无的深渊。可怖、徒劳而无法满足的波动,从一具躯体流向另一具,一个形状流向另一个形状的水流。你要求形变。你苛求苦难。当死亡来临,你不会死去,你只是丢弃了某天随性拿来的破衣。

某一日起我们投向生活中所有事件的目光,变成了自我,开启了一扇永不关闭的门。缓慢地,温和地,无意间,几乎毫无察觉,我们启动这部地狱机器,丝毫不怀疑自己已经被捆绑其上。现在,它再无法停下。它只能越转越快,陶醉于自身的运转,总是更快,更快,更快……精神沉迷于分析与分解,每一次新的锐化都将下一次打磨得更加锋利。现在,引擎超速运转,而我们再也无法回归静止与黑夜。无须再强打精神;现在是精神在牵引、激发。精神贪婪地吸收着整个世界,消化所有行动;凡它所观察到的,便成为它。它才是主人,因为被呈现之物服务于被隐藏之物,而被隐藏之物又服务于被呈现之物;它知道这一点。它无限退居冰冷的深处,与不应是它的事物合为一体。理性、清明,这精神征服了所有厚度、所有黑夜。

而当精神成了这部机器,当精神成了这具有生命的躯体,不断从外部的无形中创造出物质,我们便再无法忽略。我们再无法退回原处。再去寻找一种非个体的真实,已经太迟,太迟了;事情如此,无可奈何:人成了他自己的太阳。

目光是生命的根本标志。世上之物,若没有参与或经受这种解剖,就无所谓生命。此处,人的交流被简化为其最简单的表达,同时又被推向了极致:这致命而完全自主的占有之举。人拆解,又按自己的法则重制,他摧毁又重建,拆卸分割又汇聚,他拒绝,只为将所有宇宙集成一束,供自己消耗。它耗尽世界的举动,并不出于爱或信仰。这行动只为行动而生,被吞下的食物也不是为了消化吸收,而是为了让一餐存在。这份自我陶醉没有终点;没有源头;没有过程。它绝对存在,以其他任何有生的、实在的事物从不曾达到的绝对存在着。将发起这项工作的精神称作意识,未免将它弱化;这个行动不仅是意识;这个行动是思想与情感的特质本身,是最高级的智性与感性。它在精神领域里聚合所有生命的模式,它才是与物质这个虚无的象征的真正斗争。是思想向非思(non-pensée)发起的永不餍足的战斗(没有胜利;无所谓和平;不可能有和平)。无形、非物质、无理、无节律的宇宙不息存在,而行动中的精神则不断将它塑造、创建、引领,让它变作音乐。阴森物质的邪恶七头蛇被斩杀千次,却依然从它蜕下的蛇皮里重生。被杀死的每一秒都带上了精神赋予它的名。哪怕仅是为此,精神也不可停下。它不可平息。这个超越词语的声音必须不竭说出敌人的名字;这个悲剧的声音必须为它想象的演员命名才能演好这场必然悲剧中的角色:好坏、远方、他处、苦乐、生死、爱恨。不止不息,孜孜不倦,这道严酷的目光必须看见被展示的世界。这只无情的眼睛必须在黑夜中寻找咄咄逼人的白日的光景,必须在爱中寻找恨,在生命中寻找死亡。

餐刀、女人、光滑的布料、树与叶的生命、獠牙、利爪、毒刺、珊瑚、蝎子、火与水的锋刃。凡此种种,无论何方,不存在的一切呵,存在吧!我希求如此,我体内的他者同样希求如此。我想感受你们的攻击与爱抚,我想知道自己正感受着这一切,因为只有这样我才知道自己活着。创造体系,创造不幸,创造寓言,用不存在的声音奏响神圣的乐章,都是为了更好地活着,都是为了能够在这泥泞的高台上伫立。

凡有生命的事物皆有它的体系。植物、细菌、动物各有各的系统。活着,并不是同一。活着,便已是信仰。

无尽发出可怕的讽刺与讥讽,它嘲笑着我。但我爱这无力的此在,因为它是我给出的、人给出的一切奋发昂扬的时刻。目光灼人,带来疼痛,但我爱这目光。我爱战败者自以为是的胜利,因为这胜利与我相称;因为这是反抗者的斗争,是提前失败的游击,而除了世界这一隅外,这场斗争再无任何用武之地。

神、永恒、死亡、荒诞、无尽、爱、命运、自由、艺术、迷醉、美、善或恶:现在我明白你们所言之物;你们想说的是:岩石、寒冷、饥饿、恐惧、伤口、血、性交、衰老、发热、天空、大海、大地或云;你们想说的是:腕表、酸奶、面包、衬衣、报纸、电影、香烟、金钱、电视、金发女人、龋齿、胸腺癌、柴油火炉。神秘的表象,你们诞生于现实,当人们向你们发问,你们又会重新回归现实。你们脱胎于粗糙无序的世界,以给出语言的谎言与真实。

我曾渴求痛苦。我曾渴求苦乐,好让我接受睡眠。我曾祈恶以求善,祈善以求恶。我曾求恨以至爱,求爱以至恨。所有消耗我的神与永恒,皆为我所求,好让我在时间与空间里渴求自己。我曾渴求死亡,以便获取诞生的勇气。

内向	自卑情结
赧颜恐惧	懒惰倾向
不安	人格缺陷
焦虑	缺乏魅力
痛苦	笨拙
无措	犹豫不决
忧愁	迷茫

绝望	悲观
消沉	宿命论
神经质	迷信
疲乏	夫妻不和
忧郁	噩梦
失眠	事业失败
烦恼	恐惧
折磨	疯狂
失衡	易怒
不擅交际	情感冷漠
记忆衰退	虚弱
敏感	胸无大志
退让	疲劳过度

为了描述这种精确的癫狂的一角
为了窥见,哪怕只在千万分之一秒间
碎片沸腾其中,巨大无声的空无
为了沉入世界的最深处
看清燃烧着的物质构成的可怖房屋

为了知晓谜题中的谜题

那个简单而难以理解的形象,划出它
硫黄的狂舞,

为了看清原初的游戏
直起身板,掷出骰子

为了用我的双眼观察
所有眼睛无权看到的事物
为了在我表皮上感受
所有我的皮肤永远无权体验的事物

为了这一切,为了这个决然的中心
这一颗在蛋清里跳动的心脏
为了这些咿呀的辛劳
为了这些节奏不明的惊跳
为了光芒、陨落、裂变,
为了链式反应,为了传递,

为了:同位素

为了:中微子 中微子 中微子

&. 自旋-1/2

为了最终在强劲的光里看见
在比活着的苦痛更强劲的光里
看见漆黑画作上刻下
世界不可思议的历史的符号
但愿我能一朝死去
而后重生
知晓一切。

  颓唐萎靡,无色无形广阔帝国的君主,放任自流,沉默而宁静的滑行,命运! 命运呵,遮起世界的丧葬面具。我将你扯下,我亲手将你撕碎,好看清那陌生的躯体。可我越是撕扯,你就愈发存在,硬纸做的模型,眼睛挖空,画上悲剧该死的嘴巴! 我伸出双臂,我探身向前,却永远找不到血肉之躯! 什么都未曾逃脱。可在舌头般伸出的精神深渊面前,宇宙消融了。所以一切都不会停止? 竟无一物愿意承认它的终结?
  但我已将绝望抛在脑后。这空无与无尽并不可怕,它们如痴如醉! 它们徘徊不去,它们渗入血管,它们为我的思想染上颜色。

　　我航行在这完好如初而纯粹的深渊。我也被卷入齿轮之中。我死去、活着、死去、活着、死去、活着,生生死死千百万次。构成我的物质无故跳起芭蕾。还有大地,还有肉,还有树木,还有水和空气、铁、煤、石油、岩浆、大理石。它们舞动。它们的力量彼此混合。既不为了自我。也不为了他人。全体为了全体。还有球状的恒星,还有行星,还有星系,统统落入这个国度,舞动,舞动,不止不息,不思不想。事物数以千计。找不到任何一个空处。才智呵,无法让我理解这一切的愚蠢才智。历史,退去的时间,空间的褶皱,波动,吸引力,协调,冷漠的运动,一切,一切都在这同一个盲袋中!一切都封闭着,被撕裂,被塞住嘴巴,剥夺感官,切断腺体,去骨,拔毛,阉割,活生生剥下外皮。此乃无处不运动的残暴芭蕾。此乃迸发、狂怒,是你们种种声音可憎、迷醉而疯狂的应和。而大地之上,存在的我,一无所是的我,我还有什么要说?我又何必担忧?它们在舞蹈,那么我何不也跳起舞来?我会同它们一般癫狂,同它们一般颤动、鲜活、燃烧。我也会同它们一般死去,我完全有这个能力。你呵,人类,褪去你滑稽的扮妆,你呵,小丑,也逗我们一笑。现在,是发狂的时刻了。

迟早，寻找自我的人都会感到来自社会的诱惑。他会觉得这些逃避、觉察、怀疑与危机无济于事又全无出路；他感觉这世上还有更重要的问题，仰仗他即刻给出解答。某一天，个体向他展现出所有卑微、贫瘠的部分。突然，他必须采取行动从中离开。这个行动在某种程度上超越了他自身，并将最终赋予他的生命以意义。怀疑不仅自私，还令人不适。介入社会成为久为自我的孤独与无用所苦之人寻找的首个良方。他卸下个体的责任，与集体世界融为一体，只做一个顺从其中、无关紧要的部分，集体的目标超越了他。最终，他成了一个工具。他成了一个细胞。他可以去服务，他可以去信仰。彼岸，无论是形而上的还是社会的，都将人引向这种有保障的依附状态。独自一人，自由无拘，一事不能，一事不懂，这种状态不可能是幸福的。它只可能是最切身、最恒久的不幸。人之所以依赖意识形态的一大原因便在于此：服从并非一种接纳，而是一种退却的姿态，是放弃自我、投身人群的举动。基于介入的壮志豪情往往具有两面性：慷慨于思想，却对自我吝啬平庸。

绝大部分的人道主义介入不过是陷阱；委身其中的人并不真的为他人着想；他这么做只是为了不再做自己，为了逃避个体的眩晕。他无力继续独自战斗；他跪倒在自己体内发现的敌人面前,完全否认了自我,投身于无名的集体信仰之中。或许参与其中,他寻找着能够即刻治愈死亡与虚无的药方;但这不过是谎言的药方,是假药与幻觉。他所做的不过是粉饰苦痛,而不是摧毁它。放弃个体性,放弃理智的同时,人也放弃了他的境况中所有崇高与悲剧的东西。人是想要成为神的存在;没有和解可言;一旦放弃这份疯狂,他便也放弃了他的自由。我们不可能真的遗忘。如果通过遗忘,有人确实埋葬了疑虑,淹死了灵魂,那只能说他的灵魂并没有真正认清这出悲剧。它还处在悲剧之下,还未到达*机械的清醒*的状态。

当一切黑白分明,当人们发现善与恶的力量正同时进行着可怖的斗争,就不可能再将这幅场景抹去。此刻抛弃他的真实,便是自己抛弃自己,从此迷失歧途,远离他的语言,他的生命。放弃矛盾是不可能的,因为这便等同于放弃生命。这出悲剧,一旦开始,便只有一个结局:死亡。这就是为什么我们需要知道如何作为自己而活;必须做好准备去应对一切懦弱、一切幻觉,以防将它们当作恩典或真相。

懂得接纳作为悲剧的自我的人,懂得做自己生活主角的人,才有机会去理解世界。他让自己成为人,于是社会便可以在他身上降生。他不曾拒斥任何现实,无论现实有多绝望,因为发生在他身上的一切,他都视为自己的一部分。思想是活的;精神里的一切都应与物质相呼应。我们并不扭曲世界去适应思想的苛求;是生活的领域决定着语言与观点的表达。

做一个个体,塑造他,又任由这个个体成型,或许这才是通向他者的真正道路。这条路没有止境。它不过是一场在无知与怀疑中的并行,拥有的唯一支持便是源于这份确实而无从证实的友爱。人人都有他的生活,都应该像完成一件作品一般引领着它。每一条生命都应成就自我、解答自我,既独立为之,又依靠一切,直至达到最终的终结,使它完成,赋予它某种意义。*自我只有在最后一日消解之时才真正达成自己。*作品既成,作品已被完成,但除了这个结局之外,这件作品没有其他结局;这才是应该赋予这个没有意义的命运的意义,以工作为首要目标的工作的意义。各种超人类的用处、目的与前景都是假象。除去为人之外,人没有其他命运;他的命运是私人的。

他拥有自我,完全自由也完全被奴役,不为其他,不为其他只为自己。毫无缘由。必然之责。掌控,在他的牢笼中掌控一切。在他之前,在他之后,或许,都是虚无。但在他生命中的,是知识、痛苦、快乐、生命声势渐涨而气象万千的潮流。

每当他，出于懦弱，或是表面的豪情，抛弃了某种苦痛或快乐，借口说这种情感对人类毫无用处，他便抛弃了那些他之所以为人，能够拉近他与别人距离的事物。每当他将无目的称为绝望，弃之不顾，他所放弃的便是他自己纯粹的自由。至于他所谓的痛苦，虽然他并不真正理解，其实已是快乐。因为精神行动其中，理性赤条条的宇宙里，苦存于乐，乐寄于苦，根本不可分离。

幸福并不存在；这是不言自明的首要前提。但或许应该学会寻找的是另一种幸福，一种出于精确与自觉的幸福。无论如何，它到来时，便是生命完成其作品的时刻。那时生命，时而，或是从未，或是于意识延绵的热情里，不再与世界相抗争，在世间休憩；那时，生命已变得成熟、和谐而绵长，这首深沉的歌，人不再听见，也不由他的喉头发出，而是由他自己演奏，用他的身躯、他的精神，以及周遭物质的身体与精神演奏。

故而耳聋眼瞎的个体也完全可以让一股全新的力量进入体内，说来这是他早已知晓的全新力量。这股力量之中有其他人的精神，其他生命的精神，它是独一无二的世界之波。这是完全可能的。被实现的生命，作为诸般不幸与希望的总和，也可以不再与世隔绝。全力做自己，在这出局促的悲剧中努力保持自我，人也可能因此瞬间超越自身的囚笼,活在完整的世界之中。当他用自己的双眼观看,他也会用他人的双眼去看,用物品的眼睛去看。当他一个又一个角落熟识了他的居所,他也会认出更广阔的住处,与千百万的生灵共同生活。经由个性,他才可能触及普遍。但他会实在地触碰到它,在被呈现出的这个世界、这种形状、这个时间里。唯其如此,这个将从它最小的碎片中触及它的人,这个将会完全爱它之人,才会完整而永恒地找到它、认出它。

无限,无限实在。

无限坚硬。无限在场。

无限可享而可塑,无限易碎,无限动荡。

坚硬而沉重,震动不止,早已注定。

无限可持续。不动如磐石。逃散如空气。

光滑如流水。

无限之卵。

红色走廊里引擎的搏动,肇始之始,终结之终。

无限树木、细胞、爬虫、水母。

无限苍蝇。

无限被思考,无限被参与的无限。

生于大地,又归于大地的真实。

无限安宁、平静,坐落于它山的底座上。

空间已死,空间活着,而已被创造的事物也已创造。

已被知晓的事物也曾存在于世间。

现在,就在此地,确切而毫无缘由。

世界像只逃跑的猎物般溜走了,世界离开了它的相似物。

它纯洁、赤裸,而它的物质无极地燃烧、冻结。

宇宙,宇宙,指甲划出条条印子的表面!

词语被废除,所有纸张都变为白纸。

物质的实在,依照它的谎言被看见,通过猴子的眼睛所见的实在。

通过章鱼的眼睛所见。

通过草与蚱蜢的眼睛所见。

通过海葵。通过海参。

通过蟑螂。

通过天竺葵的叶子。

通过阿米巴原虫。

通过无物。

通过无物所见的实在。

向高处延伸,向黑暗的深渊滑落,颤抖出光芒,为能量的球体所穿透,闪烁出热量。

而更低、更近之处,临界点!

永恒,永恒而无限,不可能亦不可想象,不真实,为物质的符号所标明的种种实在。

死去之物,存在。有生之物,运动或不动之物,存在。

不在之物,依然存在。

沉

默

LE SILENCE

未来，当我死去，熟识我的物品会停止对我的憎恶。当我体内的生命熄灭，当我终于散去被赋予我的统一体，于是旋涡换了中心，世界也会回归它的存在。是与非的冲突，骚乱，高速运动，压迫，都不再发生。当目光冰冷又燃烧的水流停息，当既肯定又否定的隐藏之声不再说话，当刺耳又痛苦的喧嚣沉默，世界只会简单合起这道伤口，重新张开一层柔软、平静的新皮。什么也不会剩下，哪怕一道疤，一个能让我超越我将是的结局的记忆。我不会远游。不会继续撕扯现实的网格，而我意识的冲动将被瞬间遗忘，好像它不过是一声可笑的吱鸣。稠密的黑幕倏然落下，而我甚至无法知晓这一切。我不为胜利而生。我只是一根细绳，在过于强劲的风中燃烧，因为想照亮事物的棱角而点燃自我。当这根细绳断裂，当盲目重新笼罩世界，物体依然会像从前那般存在，我的目光根本不将它创造。

年岁世纪之外,现实的距离之外,我之外,无前,无后,无因无果,此人不复存在。我已无力地消失。我因不可想象而放弃。我早已脱离空无,出于空无,又注定归于空无。我已死去,是的,随我为求生而做的每个动作,千百万次地死去。

未来,当我死去,当与气息一道支撑我的种种因由被从我体内抽离,当我消失的精神重归众生平等的无垠之日,当我重又变得渺小,而我的躯体也与它曾在世上占据的空间相融合,于是,曾经的种种矛盾、困惑、节奏,也都如幻影般烟消云散。这个我甚至无法体验的神奇时刻终会发生。它不会是某种过渡。它不会是某种变形,或背叛。它只是将被实施,毫无阻碍,也不扰动、改变世界分毫,就好像一层被揭开的纱,好像不动的石块上一滴蒸发的水,好像一道影子,一旦产生它的光束消失,便会无影无踪。我一度认为,我与世界之间根本的差异,我悲剧根源的这种分离,这一切都会崩塌,轻而易举便被消解,不留下任何痕迹。不留下任何痛苦。不可言传的物质的广阔空间归来,好像从未真正停止过存在。平坦、清晰,无限展现而不可改变。大气乱流,光影游戏,颠簸起伏,各种循环与法则始终延续如常,但它们不再启发认识,我的认识。在我之前,它们度过了百亿千亿的年岁、世纪与日子,在我之后,它们还将如此延续百亿千亿的世纪、年岁与日子。我曾经认识、感受、热爱、决定的一切,甚至开始相信是我所掌握的一切,在我不在之后,依然存在。我的国度比我的统治更长久,我的科学比我的知识更深厚。所以,我将一无所有地离开。我将走向我的虚无,却无法为了报复、夺取、带走任何事物。死亡让我赤条条离去,甚至无法留住一件破衫。一如我空空而来,我也会空空而归。我生命的创伤不过是我个人的伤口,而那些痛苦、哀号、幸福,都不属于我,它们是我在生命中必须给予世界的东西。

语言、情感、观念,我从他人处接收这一切,纳为己有,依靠着它们活下去,所以这一切难道只是幻觉?这一切难道只是妄想?它们是我人生在世迸发出的光亮,却可以轻而易举地灰飞烟灭。

当一瞬之间我不再是世界的中心,未知的真实将会找回它原来的模样。当我的双眼闭合,它们便再也无法看见浮现出的、非凡而超然的现实之景。当我的心脏不再跳动,我的喉咙不再收缩,我的肺部不再充满空气,当我的血液不再沿着躯体往来流动,开始变得浓稠,干枯在动脉与静脉的管壁上,当我的皮肤再感受不到坚硬、柔软、冷与暖,而是变薄发脆,像一张烟纸般破裂,任由死去的内脏流出;当我的指甲脱落,当尘土进入我的眼眶,充满我的头骨;当我的骨头一根又一根散落,像石头一般碎成齑粉;当水、火、沙粒、氧化物、矮树根,以及蛆虫与幼虫将一切耗尽、蚕食,用自身的重量将它们压碎;当一代又一代的他人、战争、文明就这般从表面经过,与我呼吸着相同的空气,饮下相同的水,又以我躯体的碎片作为养分,还会不会有某种微妙的、颤动着、微不足道的东西,甚至算不上痛苦或快乐,只是一个魅影,一段模糊而遥远的回忆,赋予我灵魂?

而当这世世代代也成为过去,当最后的人类消失,当大地与太阳也被吞噬,湮灭于空无,在某个原子最小的组成部分里,是否还会留有我的分毫?绝对的空间中,是否还会有哪怕某粒飘浮的尘埃,依然带着我曾活过、曾思考过这些永恒之物的印记?

当下,我意识的艳阳猛烈燃烧。我视线的光芒耀眼又刺目。可往后如何?当这颗太阳死去,当这道目光向世界闭合,还剩下什么?我是我所是,炽热而喜悦;如何相信这堆火焰,这座猛烈而痛苦的火山也会熄灭?毕竟一度这颗太阳并不在世界中燃烧;这片火焰也并不理所当然;它在我体内,在我的混沌之中,一度,命中注定而难以理解地,**是我的谜**。

语言之外,意识之外,于所有有形而有生的事物之外,是总体物质、原始物质的旷野,毫无目的地被呈现给它自身。在我之外，超越了我个体真实的棱镜，是不愿表达自我的世界。即便再活许久，即便再看许多，我仍然无法将它识别。我将感受到的一切，并非虚假、并非虚幻，只是不存在。我将徒然地渴望回归母体，她不会迎接我。她将拒绝活着的我。只有当我什么都不是的那一刻，她才会将我接纳。这便是她的法则。

我必须等待这一刻。我必须将这个时刻看作我的希望。当我的存在消亡，当我脆弱的统一破裂，我终于得以进入不可穿透的自然。我不曾知晓的一切，我未曾想象的一切，甚至无法构想的一切，都将被赋予我，就这样，不假媒介，完全超出理解。当我不再是一，我将重新合一，而当我不再能知晓，我将浸润在无边无际、无可言喻的知识的海洋中。

正如死亡是生命的完善，赋予它形状与价值，合起它的闭环，同样，沉默也是语言与意识的终极形态。我们所说、所写的一切，所知的一切，皆是为此，确实为此：*沉默*。

为了最终达到不由光影统摄的世界，为了踏足一切被无尽揭示的神奇之地，却不可得；人挣扎着掠夺、攫取；他因此也挣扎着被掠夺、被攫取。对此他并不知晓，或不愿知晓。因为除去认识自身之外，他别无他法忘记自我，既然他无法听见每样事物背后非人的声音，揭示创世密钥的声音,他便不停命名、为一切烙上人的印记,以便更好地忘却。但结局始终是相似的:他竭力叫喊,只为不再发声,他极尽挣扎,只为归于和平。

事情理所当然;这并不矛盾。无数话语最终归于寂静,这并不是徒劳的游戏。生命生出某种水疱,让部分物质超出其他而浮现。这物质本身,他所想的,他由衷而强烈,近乎本能渴求的,便是重新融入整体。摧毁这种差别。这份孤独非他所求,这不完整的力量非他所求。他不曾真正渴望过这份自由。于是出于自卫,为了斗争,又在这场徒劳的战斗中被他存在的运动所激励,他侮辱,他咒骂,他诅咒这蛮荒的世界。他否定了他的出生,他想从他的死亡中挣脱。他一度希望眼下这一刻便是真实的时刻,他一度希望眼下这一秒便是永恒,而这意识与学识的碎片便是权力与知识本身。他一度希望时间便是此处,空间便是此处,实在便是此处,而非彼岸,而非只存在于既远又近、摆脱了人类的物质原野。既然他无法认识也无法热爱这种无限,他便渴望将它遗忘。他创造出别的国度,他的生命与他语言的作品都会在那里长存。他不承认自己的目光有朝一日将会熄灭,他希望延长这道目光,让它越过已有的地平线。可当他这么做的时候,当他这般沉溺于自己的绝望,乃至从中看到了希望,他想要找回的其实是死亡。

他用舌头说话,想做个哑巴。他刺出目光,想做个盲人。他专注倾听,想做个聋子。他向前行走,希望四肢瘫痪。他用皮肤与脏器感受,希望自己能够既无神经,也无热量。

死亡不再是可恨的。这空无,这环绕、挤压着生命的永夜,不再将人折磨。它不是某个深渊;它不是某张渴望吞噬与毁灭的嘴。死亡在此,展现在日复一日的生活中。它是眼睛看不见、身体感受不到、精神无法理解的东西。它是这世上构成世界的事物,是这个既行动又承载着的纯粹而简单的世界;这些光亮、行动、现实空间都不可消除;一切生来都为了存续,超越我,超越我的时间与空间而存续。这份终将到来的平和并非埋葬;这个现实也不是现实的灭亡。一切终将死去的,一切终将消逝的,都在我身,只在我身。

所以,我是谁,我应当成为谁,都无关紧要。他不过是万千片刻中的一个。事实上,很久以来,从来,他都属于所在之物无垠宽广的领域。

矛盾不存在,无须品尝因羞愧或憎恨生出的苦涩。没有救赎,没有宽慰。我所得到的,在我体内最深处,这份我无法评判、神迹般的馈赠,便是这种从无限向无限的运动。非我所想,不由我选择,我被从混沌中抽离,而我也要归于混沌。观察、认知、渴望都是暂时的行动。它们是我的存在这出微小悲剧里的坐标。

广阔,强大,又带来答案的,不是胜利或失败之态,而是认同之态。做这一颗尘埃,做这一粒卵石,做这一个碎片,内心明白凡真实的一切都存于不可察、不可知、不可辨别之中。

我触及过死亡的世界;我亲眼见过它,我认出了这个运行中的世界:不同角度、起伏、颜色、光点、地平线、太阳、云、活的动物、树木、火。这一切我都看见了;我一度相信它活着,它除了我感官给出的形态外没有别的形态。可它也有其他形态、其他生命。

曾经我从世上这一点看见了庞大的世界。从我的阳台上,我看向周遭的事物,仿佛我是一切的重心与意义。后来,因为这一切看来没有边界,我便以为人能整体把握这些事物,给出一种源于物质又不仅属于人的理解。但我错了:现在我明白自己从未离开我的身躯与我人的灵魂。更糟的是,我明白自己从未离开这个世纪、这个国家。我越是想要走出自我,在世界里延展自我,就愈发将自我封闭于个体与习惯的双重牢笼。当我想要通过螃蟹的眼睛去看,我使用的是我的眼睛。当我想要用橡树的纤维,或桉树的叶子去感受,我使用的还是我的神经与我的细胞。当我以为自己已经深入癫狂空间的最远处,我还在此处,独自一人，为我的理性所束缚，被夺去了想象。旅行中，我停在原地，幻想时，我不过不断创造着自我。当我说着其他语言，写下其他符号，我列举的是我的词句，我的词句，总是我的词句。

可我无法不欺骗自我。因为，只要存在我的精神中，用我的精神去判断，为我的精神所左右，我就无法到达我精神之外的别处。我想与时间、空间、物质相抗争，可与我搏斗的正是我自己，我击败的正是我自己。如我所做的这般将我的死生对立，我加剧了分离与痛苦。我远离了唯一的和平、唯一的真实，它存在于合一，而不是悲剧。

理解，总想去理解，无度、疯狂、难以忍受的傲慢；我如何能理解呢？我根本没有思考的依据。我所能理解的，不会是世界，甚至不是世界中的我。而是一个倒影，是展现在我眼前、我甚至无法确定的事物稍纵即逝的无常表象。我至多可以运用某些法则，让它们与人类的法规相适应。制造工具。使用给予我的事物。但我理解不了什么，也认识不了什么。各种元素彼此联系的秘密永不会揭开。我永远无法认定有什么事物确然存在，无法相信有什么东西可以长久矗立。因为我接近的一切都将被置于我的精神必然流动的法则之下。尤其，我也永远创造不了什么。我所想的，人所想的，都不属于我。与占有一切的广阔国度相比,它根本不值一提,在这国度之中,生与死里,都显现出存在的事物无可抑制的力量。

哪怕借助最强力的词语,借助数据,借助最精妙的思想,我也不会存在。不会变化。哪怕借助操控物质最强大的力量,最猛烈的欲望,我也无法统领。无法存活。哪怕借助科学、艺术、技术,我也无法战胜过去或未来,甚至无法掌控现在。

因此必须把话说明:人并不为延续而生。有朝一日,而这一日必定会来,宇宙将会除去他的存在。他的文明与征伐会同他一起衰亡。他的信仰,他的疑惑还有他的发明都会消失,而他的一切分毫不剩。无数别的事物会相继诞生,然后死去。其他生命形式会出现,其他思想会运行。然后重又归入无晶质存在的集群。但宇宙始终在此,可总有某物存在。人可以构想的时间与空间的最远处,物质依然存在,总体的物质依然存在,永不消亡。

所以为何要向远方去寻找实现无尽与永恒的方式呢?无尽、永恒就在这里,就在我们眼前。在我们脚下,在我们眼下,贴于我们皮肤之上。我们每分每秒都在感受它、品尝它、触碰它。这张桌子没有尽头,这张桌子便是永恒。这个金属打火机无尽、永恒。这个玻璃烟灰缸无尽。这块地板无尽。这个三点差五分,太阳的黄点永恒。这只手,这张纸,这种划出笔画的蓝黑墨水,这种写字时钢笔摩擦发出的虫子蚕食的沙沙声,它们都无限而永恒地是它们自己。

一切变换着位置,一切运动,彼此渗透,互相改变。但一切存在,一切不言自明。如果所谓死亡,即是不再为人,那么这整个世界的景象便是死亡的景象。实在、在场、高效的死亡,无可言说、坚硬、精确的死亡,无懈可击、不可简化、不可分解的死亡。它是数百万的视线,是无数个百万只眼观看时,见到的景象,附加上我们看不见它们的目光。

如果死亡即是断裂,是面对世界维系我之为人的脆弱统一性的消解,那么它并不是毁灭;它是向着整体帝国的回归,组成这帝国的事物从未被废弃,因为它们从不需要被创造。彼处,*且这个彼方并不遥远*,它与我之间只以我意识的薄纱相隔,在那里,权力不再属于眼睛。眼睛再无物可看。语言的耳朵再无声可闻、无事可解。词语已经回归它们的矿层,再不想着逃离。它们从此无所谓自由,也无所谓奴役,因为除去它们自身之外,它们不再为他者服务;它们紧贴事物之上。在智性的行程尽头,它们重又回到当初从中离开的柔和寂静。一切为了我走出沉默的事物,为了让我认识,为了将我欺骗,为了将我系牢而走出寂静的事物,现在统统回归自我,平静下来。

在那里，所有节奏都在场，却不再构成任何旋律；它们重新与物质建起联系，如物质一般强大。一切彼此依靠；没有一物是自主的。可与此同时，没有一物消失。时间，塑造又消耗着的主动的时间，现实的时间，它不再是深渊：死亡之中，不存在死亡。我们演进，我们再不消亡。

这个地点不是地点，而是普遍的在场，在这里，再无一物上升或下降。再无一物突然出现，痛苦地冲向绝对。再无一物是其他事物，而非自我，再无一物想要离开自我，屈从于扩张的眩晕。脱胎于混沌又想要耗尽混沌的彼岸的龙卷风已被阻断。无限大，无限可爱的旋涡已经合上它们发臭的伤口。因为这些深渊，这些旋风都是人为的灾难。此处也是彼处，在这里，人们并不从形式走向普适，而从形式仍然走向形式。那关键而精确的物质不会交出自身。我们无法解决它，我们无法理解它。它不可从细节处思考，因为它是不可分解的，它也不可从整体上思考，因为它没有群落，没有联合，没有体系。

一不存在。多不存在。这个不存在。那些不存在。没有部分也没有整体。没有交叠、比较、复合构成。没有尺度。而所在之物不可能是外在的：这是封闭的场域，无限封闭着，要想离开其中做出判断，完全不可想象。

而衰落也不比人更长久。在生命某个彼岸的时间里，在场的死亡的时间里,放弃与绝望都停止了。曾经好似被内在命运所驱动之物,那些缓慢而无情地衰败、磨损,随后又被死亡消解之物,所有将我们引向它卑鄙的坠落,落向痛苦,落向虚无的一切,这份对无可救赎的向往,这种**缺席**,它战胜了我们。在我们逐渐熄灭的生命悲剧性的流水中,我们携带的一切,所有我们想要同自己的死亡一道置于死地的东西,都幸存了下来。因为唯有我们,尽管不断表达自我,却注定了必将消亡。尽管一度以我们的词语呐喊,以我们的思想呐喊,用我们的眼睛、我们愤怒的感官呐喊,只为让自己浮出死亡的海浪,但我们并没有胜利。我们抛出徒劳的话语,想要冲破永恒沉默的幕布。可沉默早就重将我们抓获,这一刻怡然的沉醉不过是我们失败的顶峰。我们内心深处一直明白这一点,这个事实,我们称它为腐朽或是哀悼,并把它不断刻入我们话语的中心。每一颗孤独而融合的球体,每一块从灰尘上撕下的碎片,每一个仿佛是为了打破物质的混沌奇迹般诞生的泡沫,身上都带着重新没入沉默的印记。每当我们说出"大地""火柴""汽车""女人""狍子""平原""米""命运"或是"爬行动物",我们不由自主说出的,不是它们的反面,而是我们的死亡,我们的死亡,我们的死亡。每当我们说飞箭,它表达的,首先便是,一动不动。每当我们说某事,它表达的即是任何事,或是这个,或是全无。

我们表达过的一切之中都有沉默在表达自我。中心的沉默,至高的沉默,它抹除距离,将自己不可分割的绝妙实体引入秩序之中,作为结局,将它赋予不完美与不完善的一切。

每当我们想通过阉割世界而解放自我,每当我们想摧毁混沌的和谐,夺走碎片,刺伤,殴打,或是杀害,词的武器也会同时带来准确、实在之物的复仇。而在想要毁灭作品的尝试中,作品存在着,展示着它完美的成就。

每当,作为人类,我们想攫取一片无限、一点真理,嘴里为驱除死亡的命运而念着"我活着,我活着",在我们自己的喉咙里,也存在另一个沉默的声音,用我们自己的词语,盖过我们的话语说着:"你死了,你已死亡。"这个来自周遭景观,也源于我们自身的声音并不为我们宣判;它并不将我们拖向虚无;它知道应该知晓之事,它明白所有学识的深意。

写作时,也是一样:为实现这个隐藏的命运而写作,为了用精巧有力的符号覆盖时间、空间、一切存在的事物。写下一行行密集而精细的文字,写下这些从记忆中完好无损喷涌而出的诗,重新写下他人、写下我们已经写过千次的事。这一行行文字想让生而为人的悲剧扩展到整个世界。它们想以物质的形式复刻当下,它们想让不可触及化为切实可感。它们想在所有存在之物存在的这一刻中,将它从逃逸的当下里夺出,并为之赋予永恒的名。这只书写的手想要堆积词语,就像积蓄能量,以便为真相的面容蒙上面纱,藏起快乐与痛苦的深渊,这只沿着桌边独自前行、蜷曲在圆珠笔塑料笔身上的手,它果真知道自己在做什么吗?当它如此雕刻出思想的形式,当它将思想化作行动,又沿着不可见的螺旋匍匐前进,并在通过时,为这螺旋染上色彩,它是否知道自己正向着死亡前行,而自己选择的向导正是死亡?

书写的手,与一只专心留下自己黑色粪迹的动物别无二致,这只手突然有了思想,它成了思想的手!词语有了形体,它们形成彼此分隔的细网,芬芳、强烈、滑稽、精确。它们从哪里得来的这出悲剧?它们身上有怎样的力量,怎样系统的激情,怎样的理性、美德、恨意?人们无法逃离它们的利爪,而它用交织的符号标记的每一秒都是我们无法否认的时间的一秒。原始动荡的思想,起伏颠簸以至令人恶心的思想的海洋,在这里凝固下来。在这里,思想长出它的容貌。展示它的盛装,或它的骨骼。好像一只开屏的孔雀,思想彰显出它的欲望。意识的探险道成肉身。再没有什么可以被除去,被遗忘。一整出悲剧在此,在它无

沉 默

情的进程中被呈现；事件——被展示，起意、焦虑、形成又拉紧的死结；随后是向着命运，向着唯一洞开的命定终点的前行。随后便是终极之夜。

至于这一行行文字，虽然我们没有刻意为之，甚至没有真正料到，已然从头到尾完成了沉默的作品。这些书，这些厚重的书，尽管每一本都载满人的力量、生命、爱，这些书却是*空白之书*。这些书也是未被写就的书。因为被压扁在白纸上的每个词、每个符号都已同时标记下它有声的形象与沉默的形象。页面之外、纸张之中，统领一切的都是一片无尽而宁静的旷野，一种可怖的平静，淹没了呐喊，使之几不可闻。就像密实夜色中我们捕捉到的一声杂音，随着我们逐渐远离它发出的地点，缓慢而不可避免地融于寂静。就像随着轨道上车厢飞驰离去，返回自身又消失的喧嚣声。就像昏昏欲睡时人听到的某个声响，而他四周正缓缓蔓延开无声之物的海潮。就像被另一个声音吞噬的声音，就像静静变为沉默的声音；这个具体的思想注定要被吸收。这些暴躁又固定的符号不断自我稀释、模糊、消解。这些写下的、富有节奏、彼此交替的词语，这出悲剧的词语拆解了戏剧本身，重归无意义。这些词语重又归于死亡，一个接一个脱落，重新跌入它们诞生的世界，它们真正为之而生的世界。

这种创造不是创造。这种生命不是生命。这种语言不是语言。它们什么也未拥有，什么也未承载，什么也没创造。

这些图画也一样，这些色彩夺目、构成精妙、仿佛神迹的画作。现实提供的事物被转移至此，在水平面上，固定下易变的情感，以求永恒。但现实既没有被忘记，也没有被击败。这些用黑色墨水在白色纸面上画下的精细线条，尽管尝试再现世界，却不曾统治世界。这些用松散泥土雕刻出的体积并不足够。人有创造的欲望，人渴望将各种元素占为己有，按照自己的律法重构一切。但这种欲望被欺骗了。因为在颜色与形状之外，物质统领一切，不可分割、美丽神秘不可捉摸的物质，不留给人攀附的可能。艺术也未被赦免在外。它不能使人逃离。这些画作五颜六色、画面丰富、扰人心弦，但它们同样是*空白的画作*。还有比它们更强、更精妙、更令人心悸的未被画出的画作。创造它们的人力之中，还有不可见的非人之力在场，将它们带回混沌与死亡。超出它们所表达的，还有这种纯白，这张一切平坦、广阔、无特征之物的秘密全景图。

同样，音乐也没能创造出永恒的节奏。这激情与信仰的一刻，在它的音符，可以这么说，将它唤起时，便已在事实上完全转向神圣的沉默。这肉与灵的一刻是多样现实的伟大时刻,其中其实再无血肉亦无灵魂。这段乐曲如此美妙、如此纯粹,似乎倾注了全部人文科学,这段乐曲却自我否认,自我消解,回归于无声。这段音乐合起它生命的曲线,而每个短暂的音符都回归无名。这一切并不徒劳,并非如此。但它依然是无目的的,是人的无目的性最富戏剧性的表达。

因为沉默中充满了这段乐曲,以及其他音乐。沉默不是空无。它不是一种缺席,而是所有节奏、所有和弦、所有旋律无尽的在场。死亡不是虚无,而是凡有生之物、存在之物实在的集合,它的目的不再是表达,而是为了沉默,不再为了人,而是为了全体,不再为了全体而是为了自我,不再为了自我,而是存于宇宙之中。

这一切,便是自明的。不言自明。

这没什么好否认,也没什么好渴求。自明之事在此。它在此,在一切之中,坚实而明亮,在这段木头里,这扇窗玻璃中,这棵树里,这块石头里,这个巴黎世家的"四对舞"香水瓶里,这杯蒙上一层灰的水里,这辆泛着蓝色反光的黑色轿车里,这包香烟中,这些鹦鹉的叫声与犬吠里。在电、空气、硫黄蒸汽里。在火山里,在太阳的光斑里,在海底的虫缝里。在细胞核里,在纤毛虫里,在漆黑天空中孤独的太阳里。凡所在之物存续之处,凡世界耗损之处,无处不在,永无尽头。

人们为了沉默而诉说。

人们写下不可写的事。

人们为不行动而行动,为不创造而创造。

人们梳理缺席,无比在场的神秘缺席。

相机镜头不同于人眼。它看见一切可见之物,而这个暗箱之中世界投射出它完整的图像。它不提供任何选择。凡存在的,便不竭如是。选择是后来之物,但它不过是种表象,是人构想能力缺陷的体现。然而,即便在他选出的元素中,万物依然在场,一切暗含其中。故而这个选择,来自艺术、思想或道德的选择,也不过是一种观看和感受全部现实的不完善的方式。在被设想的那一秒,这种选择就已经否定了自身,因为它身上带着所有在场之物、所有整体之物的能力,完全不为人所束缚。整体的现实比这选择更为长久。

所以,人的巨大相对性甚至对人而言也并不真实。因为即使生活于界限内的事物,也总是超越了人的建筑。这个部分的视线里颤动着整体的视线,颤动着无可描述的全体。感官为超越感官的事物所触及。每个物体,每个表面上被选择、被明确的物体,都为数百万的感觉、数亿万的巧合、不可胜数的观点与指涉无限扩大。向感官诉说的事物,被神经、皮肤、精神选择的事物,并不只以自己的名义表达自我;它同样诉说着未被表达的事物,诉说着重新找回的物质性那无尽而无可度量的历史。

为了重构宇宙,人只有他的感官这个无力的工具。他可能被欺骗。他可能自欺欺人,宁愿相信谎言。他可能质疑每个坐标,与现实失去联系。但在内心深处,意识让他保持机警,并且告诉他,哪怕在幻觉中,他依然可以战胜虚幻。这种力量就在他体内,好像一道内生的目光,好像一种莫名的、想要找回他者,找回死去的他者的欲望。一股气息将他引向寂静之地,又让他认出了自己曾经出于其中、又向着这里前行的世界如此广阔的旷野。这是他拥有的力量,让他知晓、觉察到自己不过一介过客,不过如此,没有未来,只是通往他出生其中的原本地点的一段旅途。

梦寐以求的回归,归于母亲的腹中,归于遗忘,归于如此平静又如此纯粹的石块。他明白了自己的处境。可他之所以有此认知,只因这境况已经沦为虚无,而他也从中脱离。他感受到了外部事物的神秘之处,这些事物始终在他之外,而他永远无法将它们纳入己身。他已经有了预感,世界不应走向他,而是他应该有朝一日回归世界。他的命运不是人的命运,他的天堂不是人的天堂;这个令他心驰神往的彼岸,他从诞生那一日便知道正是*此处*。他生命的产物,他的语言,他的道德,他的宗教,他的艺术,他的科学,他的爱,所有这一切都缓慢而必然地回归大地的领域。这一切都逐渐成形于灰尘和锈迹里,成形于火、空气、水中,铭记于切实可感的符号中。思想与身躯一道埋入土壤,并缓缓腐朽于死亡之场。人无法也从未离开他的身躯而活。一切都属于物质,属于物质的一切都不可被剥夺。

事情便是如此。人唯一伟大的思想,便是理解到他可以不是一个人。

黄昏,鲜活的黄昏盘旋于大地,用它泛红的膜翅为风景披上盛装!大地如此坚硬,大地的指甲,树木的尖刺,铁皮屋顶或水泥屋顶,高山,大海,所有如此沉重又如此粗粝、拒绝退让也拒绝被遗忘的一切,这一切突然为雾气蒸腾的唯一天空所荡涤!万物融化了,万物在这张脆弱的幕布之后滑落,这幕布如此轻薄,甚至好像全不存在,可又是如此强韧!万物蒸发了;万物化作缕缕烟气,随意飘浮在空气中。风景彻底被击败,就这样,被紫与灰的存在所击败。大地的轮廓始终存在,确实如此,但它们好像已被掏空了实体。它们变得轻盈,仿佛在各自的基座上颤抖,随时都会像气泡一般脱离、飞走。太阳消失了,而夜还没有到来。被祝福的一刻,您再不敢奢求、却突然发生在您眼前的奇迹,好像某个想法、某幅室内画像一般展开的奇景,无名的幻象,因为比之世界,它更属于不可见之所。

自然沉浸在衰落的无尽意志中。自然被穿破,像洞穴一般凹陷下去,马上就要倾倒。这一刻便是极限的时刻;但这界限比此前曾经存在、之后将要存在的事物更加真实、长久。这种滑动、这种汽化比白日的实体更加真实。万籁俱寂。色彩与线条皆已逃逸。陌生的气味、滋味与感觉早早后撤,而剩下的符号比它们的含义更加真实、持久。不可言说之物终于有了形体,梦变得准确、轻盈、精致。在这逸散的、仿佛摆脱了重力的景色之上,疑问便是肯定的形式。人不拥有、也从未拥有的事物,存在于此,拉伸开来;没有情节的剧目,没有话语的语言,想象的幻觉,近乎抽象。

神奇的黄昏永恒游动,永远烟气弥漫。每种色彩,每种图案都缓缓隐去自我,直至达到这至高的色彩、绝对的图案,这一切被展现出的颜色与图案的总和。空无在透明中建起它的国度,而城市、树木、山峰、沙滩,都无序地飘浮着,被剥去了一切必然性。消失过程中,太阳也褪去了它狂热的视线;它的射灯已经熄灭,而选择也不再是一种命令规则。此处的一切都沉浸在自己未定又明确的景观里。

这些石头总是石头。这些尖顶始终相同。山丘、大海、街道一如往常。彻底消失的，是让它们报复心切的事物。那道残忍的黄色光线，独一无二的力量、谎言的力量，终于离开了世界。现在，在这个无尽欢愉、完满、和平的时刻里，现实得以休憩，既无惊惧也不起伏。一切邈远，而后又近。一切都卓然深邃，又卓然易懂。半透明的土地不再拒斥，低沉在地面上的天空不再压迫。大海不再令人窒息。岩石不再撕裂划破。树木再不会死去，城市再不会死去，甚至人类，这奇特的事物，也除去了毒液。探险突然停止了，中断了它向着未来与死亡被诅咒的前行。时间没有停止，不，但它不再啃噬，不再想摧毁。它满足于在世界的草稿上写下自己微小的符号、微小的十字，用细密的笔触雕琢这幅无意义的巨型画作。就好像叶片上细密的纹理，空间的画稿也不断增生出枝叶，但这终归毫无意义。显然，这么做是为了填满空白，为了移动既有的信号，或是创造新的信号：这么做是为了游戏。

衰老，无与伦比的衰老延展四方。是它充满了世界，为之提供养分，使之不竭诞生。发红的天空在衰老，不断蔓延天际。房屋在衰老，墙面布满灰尘，灰烬般轻薄、易碎。大海在衰老，像只拉长的蛞蝓一般伸长它光芒闪烁的身躯。耕地在衰老，静静坍塌于自身。裂开的种子在衰老,生长中破土而出的嫩芽不可言喻地衰老。火在衰老,天空与星辰在衰老,男人、女人、孩子在衰老。祖祖辈辈的衰老,经过数个世纪流传下来,且从不终止它的死亡。世界在衰老,卧倒在红灰色温柔的雨中,当太阳消失已久,而夜还不可到来,难忘的衰老,覆盖一切的衰老,在卵中萌芽,在心里跳动,汇聚于它身上的时间与空间在衰老,它们久久沉浸于自己紫罗兰色的黄昏,气息不断衰弱。这个和平的世界,不可能的临终的世界,衰老着。

鲜活的黄昏,它是更胜尘世的图像。我的眼睛与精神无法完全捕获它,但我却早已认出了它。它是超乎人的图像,超乎大地的图像,如此展开它的剧场。天空,无尽空无的天空降临了这片区域,又让它臣服。来自空间最黑暗处,冰冷无声的龙卷风与地球之脐相连,并将它连上原初的子宫。从这不可见的长廊里流过永恒的食粮,无限实在的实体。大地的风景,属于我的大地的风景,这寥寥几千米熟悉可感物质的风景,便被这非凡的汁液所滋养。虽然无法真正看见它,却经历着它,我所是的这个人同它一道,找回了他的归属。他不再孤独。他不再卑微。他不再绝望或憎恨,他被由静脉输入的完美快乐所鼓动。同世界一道,同城市和树木一道,同石块或金属块一道,同云、烟、海上云层和地下水晶一道,同昆虫和鱼一道,同分子一道,他被关进巨大的子宫,他在同一片血中浸润,他在同一种源源不绝的热量中颤动,他和其余所有一样,变成了孕育他的永恒之腹中的同一个胎儿。

未来,当我死去,我的目光,从我向我的无尽张力,便会消失。我的沟通不再为远离或靠近什么而发声。它会说它自己;终于,谈论它自己。游戏结束了。一张张破碎的镜面重将变回代表真实的协调符号,因为映像,这位被困在不断反照出它自身的墙面之间的囚徒,将会停下它的疯跑。它将回归曾经的理性,它将与这一切融为一体。所有界限开始消解,一切被说出、创造、思考的事物都走向它无法表明的蓝图。

只有死亡才能让作品完成。只有沉默与失明才能赋予话语和视线以意义。这一点,我始终明白,始终知道。走出我的灵魂,离开我的故土与皮肤,我归于共同的灵魂,归于广阔的故乡,归于由所有表皮构成的我的皮肤。活在我生命里的正是这份广阔,是它让我成为一个人。标记于我身,标记于我的每一个细胞、一举一动、每一种思绪里的,正是关乎这些重逢的思绪。不存在其他意义。不存在别的希望。将欢愉的完满与虚无相对立的我做错了;虚无不存在。它并不可能。走向沉寂与死亡时,我并不走向虚无。我走向的是比我更完满之物,比我更远、更长久之物,我不过是水滴,而我走向的却是汪洋。

死亡,成就。它为作品签字、盖章,让它成为自我。我等待着、期待着的死亡。并不让生的种种行为变得荒谬,而是掌控它们、完成它们的死亡,作为命运的死亡。作为时间、作为空间的死亡。与万物相连的无限,白日之夜,黑夜之日;死亡,不是敌人,不是毒药,而是生的绝对。挣扎反抗过你统治的人,是为了让你的国度降临。斗争过的人,存于你身,已然存于你身。他并不知道这一点,但他在朝生暮死、有生的模式下所做的一切,皆是为了有朝一日再无事被完成,亦无事可做。所以,他用自己人为的节奏标记的一切,也会超过他,向着混沌生机勃勃的组织开放、延伸。

这一生,这乐与恨的一瞬,并不是他真正的居所。它对他毫无用处,只让他认出了有理的世界。这一生并没有理解。这个单位不过幻觉。这种个体性并非真实。这个思想无法开始和解工作。一切毫无目的,绝妙地毫无目的。但那个创造着、号令着的符号,但那个想要他人服从的声音,那只画下不可见蓝图的手,却在生命之外。这个上级指令来自夜的围栏的另一侧,而我们无法将它捕捉。

这个命令完整地存于世间,就在*我们脚下*这遥远的世界。我们听不到它。却只能存在其中,或遵照它而存在。若我们不再身处它的声音、它的手或它的符号里,便是我们正依照它的指令而劳作;而一旦我们完成了这项工作,便又重新变回它的声音、它的符号、它的手。

这死亡并不陌生。这死亡并不意味着被未知的深渊、空无的深渊所吞没。我,一度活着的我,我一度居住其中,却毫不知情。我曾在死亡中央,立于死之上,浮于死之上,呼吸着它的呼吸。我就这样,同我的生命一道,于每分每秒认识着它,却丝毫未曾想过这便是死亡。我用我的眼睛看见它。我用我的皮肤、我的神经触碰它,我将它同空气一道吸入,我将它同水一道饮下。我在一举一动中将它制造,而我的每种思想也都是为了死亡的思想。让时间变得可恨而残忍的怪异矛盾。怪异的杂居。我该如何界定这个于我近在咫尺又远在天涯的存在?我活着,便让世界也有了生命。我用自己的躯体,赋予宇宙以灵魂。当我听任自己隐秘的欲望曲解误会,我并未弄错,也不是某种幻觉的玩偶,我只是思考得还不周全。因为循环还没有完成。将我从混沌中剥离的伟大运动还没有走完它的行程。而我还没有想到酝酿中的、会将我带回沉寂的归途。

我的词语与我的思想并没有完成。它们尚且缺少不再被表达的事物。永恒的尺度、绝对的尺度,要想获得这些,它们必须等待,直到我生命的尽头。

它就在此,早已注定。所有我因为为时尚早而无法表达,甚至无法构想的一切。所有作为否定,作为有力全然的否定、泰然自若的否定的一切,都在于此。它是我存在中沉默的部分,它是我生命中死亡的部分。不可能完全说明。不可能彻底理解。这块空白区域、这种同一性存在于我与今日的距离里。围绕我又支撑着我的世界,被称为现实的世界,在欢愉中为我揭示出已然不属于感官的事物。坚硬,或柔软的表面,热、冷、甜、温、呛,精妙颤动的香气,色彩,蓝、绿、红、黄、赭、黑和灰,亮白、浅紫,或暗淡或鲜艳,然后还有直线,曲线,结构,精确、凹陷、半透明的浮雕;焦虑的节奏,不幸的线条,快乐,欲望,空无;运动的一切;不动的一切;所有向我展现出它与我相似面容,这张我既熟悉又陌生的面孔,而我用自己不竭的词语界定出它的边界的一切,这一整个有生命的物质都在等待着重新关上大门的这一刻。它是注定的。它便是结局。带上我名的世界也是擦去我名的世界。于是每件事物都被转向我,向我展现它无尽的面容,它平息的面容。在这种暴力与这场战斗里,好像一个真实的幽灵,好像可能存在、本应存在、本应永不将我抛弃的父亲的鬼影,我看见了无处不在的和平与宁静。

每个我完成的动作,每种在我体内颤动,又标记下时间不可察觉的开关的感觉,都在告诉我:你必须消失才能让已经开始的作品完成。你必须死去才能让生命的这一瞬被吸收,消融于世界。这样世上才能再无任何不同之物、任何孤独之物。

它就在此,好像另一个意识冷冰冰的目光,那意识不再将我作为唯一对象,而在它的视线里拥抱现实之景的全部广度。它便是这道目光,不加修饰、赤裸、充满暴力乃至近乎抽象,既是自我又多样的目光,在任何人之外,不再为理解,而是为世界而行动的目光,仿佛一个仪式,不去连接,而是合一,与宇宙相交合的目光。我离开了。我离开了表象之所,而现在我被物质所捕获。冰。冰。光与能量的宏大浮冰。生命跃动的凝结。仿佛一股大地之外的巨大寒流,物质的威力让一切试图逃脱的都僵化麻痹。水冻成平静而封闭的硬块,空气化作不可压缩的金属,火赤裸的薄刃被永远凝固,它不再燃烧:而是被燃尽。四处八方,存在的万事万物都被它神奇的同一所击中,一次性展现出它僵化的生命可怖而漫长的图景。

我们所陌生的事物,我们永远无法看见或喜爱的事物,比我们的思想与动作所创造的事物更加重要。这夜色比我们的光更明亮,这空无比我们的存在更紧密而实在。它们在这里,合为一体,在我生命的另一侧,等待着我。我会走向它们,不是通过下降,不是通过跌落,而是通过成为我自己。我会走向凝固不动,成为超过我,超过我动作的存在。我会是完满的。我作为人的现实的每一刻都被转向这个围绕四周的现实。曾经我以为不完美,想要以我的尺度赋予它目的的事物,其实都超然完整。每个物体都有它的步伐、它的世界。它已经迷失在创造的眩晕中,既生又死,而它并不是矛盾的。所以我生命的作用不过如此:它让我认识了恒常之物的瞬间形态。秘密并不有待解决。演进、传递也无须完成。我无法为它们赋予终局。我无法原原本本将它们捕捉,因为在选出它们的时刻,我就已经将它们摘离。我唯一能做的只是将希望寄托于它们:希望它们合为一体、不可分割;想象它们自然的面貌,它们存在本身不可剥夺的美。

世界完结于世界。曾经空白之物回归空白。曾经沉寂之物归于沉寂。只有我的生命,我不认识的我的生命,好像一支箭矢;它似乎向什么张开,它好像是实现的过程;可在它之外,就在同一时刻,世界**岿然不动**。它曾是,正是,将是混沌。对还未出生的人,虚无便是此刻。对死去千年的人,虚无便是此刻。对空间另一侧的人,无限就是此处。我何时敢说此地此时便是生命,当与此同时对数百万又数百万的存在而言,此地此时便是死亡?我如何敢在人类、在文明、在大地之上建起体系,而心里却明白与所有时间、所有空间相比它们不值一提?人无话可说。他无权以宇宙的名义说话。他无权谋求某个不投机的解决之法。他无权解开谜题,因为他的所做所想都不会延续。他不应再试图反抗。他不应再试图征服。他不会幸存。将会召唤他,填满他的正是空无。将会让他重回物质、与它融合的正是空无。当他的话语变成不可闻的话语,当他的思想化作一粒尘埃,一颗空气中的微粒,一笔嵌在世界里的涂鸦,当他的个性为冰块所捕获,他将依然寄居。他将依然存在于此。

死亡将会到来,但它不会带来什么改变。因为这个世界不是表象的世界。它存在。它既非假面也不是一件金玉其外的华服。它不是一个符号。它不是一种表现。它*是它的灵魂*。而此处除了它的实质以外别无其他。没有什么比实在更实在。人无法感觉、以为可怖至极的事物不过是个外形,是融化于无形的旷野中的又一种形态。一起都被彰显,多重彰显。物质之中,过往与未来都切实可及。无尽、永恒存在其中。无可言喻,不可听闻的事物被一一陈列。如此便是死亡的面孔。如此便是生命,是死亡的一条条实在的生命。我们以为自己离得遥远,其实近在咫尺。日复一日、每分每秒,我们不停探测、感受、品尝着我们以为与自己相隔的事物。故而,虽然我们从未察觉,其实无尽与我们之间,只有我们皮肤立起的唯一围栏。

这生命的气泡何其脆弱!我们被困其中的封闭口袋又是何其可笑、何其无力!任何风吹草动都能让它炸裂。一根稍硬的刺,一个稍猛的冲击,于是这层薄膜便会破裂,让被解放的本质流入世界。这个个体不值一提。这个被规定好的、由生命力维持一体的规则组合,比气泡还要脆弱。因为在它的种种法则之中,还有更高一级的伟大律法想要它破裂逸散于世间。因为,哪怕它飞于空中,也总有无可抵抗的重力将它带回地面,把它拖向平面的深渊,耗尽它的气力,让它坠落摔毁。尤其,在它的时间与地点之外,还有仿佛对它其实从未离开的更广阔居所的回忆。这条人的生命不过是跳蚤可笑的一跃。很快,这只动物就会归于与它无二的尘土。

为了获得胜利,我曾渴望事件能够与人相异。我曾幻想永恒的差异,希望把我的生命化作某个终将迷失于死亡的孤独符号。我曾想在彼处,而它们则在此处。我曾渴求过这些陌生人。兄弟,大地、水、火令人生厌的兄弟,我曾把你们一一扼杀。我挥舞匕首与你们搏斗,我焚尽你们的躯体,扬起你们的灰尘,让你们从此再不可寻。我用枕头闷死你们,我将你们装袋沉尸。每一天我都满心愉悦犯下这些罪行,因为,在生的癫狂里,我无法再忍受你们成为长着我模样的见证人。我无法忍受与你们共享我的面容、我的灵魂、我的历史。百万次,我拒绝你们的名;百万次,我砸碎你们从四面八方向我张开的一面面镜。

但你们依然活着。物品、动物、人,我徒然扭断你们的脖颈,你们依然在场,你们始终和我拥有相同的脸庞。无论我的目光投向哪里,看向我的始终是与我相似的集群,不带讥讽,不含恶意。我的思想与目光在你们身上无尽反射,而我则缓缓没于与我自己的无尽交流之中。

但我的骄傲欺骗了我。并不是你们偷走了我的面孔,而是我拿去了你们的面容。我戴着这张铭刻的永恒面具,这面具的每个细节都属于你们。我的名便是你们特殊的名,你们每一个的名,而我用你们的思想思考着。好像舞台上的演员,我重复着你们写好的台词,还信以为真,我表演着你们分配给我的角色。我是这物质的分泌物,它的汗液,我是这物质的目光,这总体之躯的躯壳。你们毫不存在于我体内,是我彻底存在于你们之中。

我毫不怀疑地戴上不属于我的面容。我滑稽地戴着,这张无名的面具,这张反射着他人鬼脸的空白面具。现在我明白了,这张空面孔,便是死亡的真容。只要懂得方法,我们便可在上面轻而易举地读出死亡的地图。人的符号之下刻着一切非人的符号,那些从未是人的符号。

因为不是它们,不是这个广阔的国度,这些摆满不透明或闪闪发光物品的桌子,这些关在笼里的黄色小鸟,这些海底滑坡,这些如同衰老的皮肤一般皱起的山坡,不,并不是它们与我相像。而是我与它们一样,动物、石头、树木、水或空气,我的躯体与精神与它们相似。而比它们更远,更广阔,我还与无人相似。无限深邃的相似,它并不导向某张被选择的面容;我走过面孔的森林,与每一张脸合一,而后又一张张穿过它们,拿来它们每一个的名字,每一个的本性,接着将它们忘却,这是走向内心,走向无尽中心的简单前行,只为重新回归不停被回归的事物。

如此。死亡的气息比生的气息更为悠长有力。它是不停膨胀、持续膨胀的启示之息,总想充满更多。这无可定义的物质的实体进入,进入。它推开我的围栏,精巧又独断,它驻留此地,它无边消散,爆发,将它不断延续的扩张遍布我不再是身躯的身体。它行起它创造的仪式,它持续将我分娩,而我就在它体内;我被我自己的气息所引导,我被我自己的肺所呼吸;我被我自己的嘴所吞噬,我被我自己的喉头饮下,被我的肠胃所消化;我被我自己的感官看见、听见、感觉,它们离开我身,窥伺着我,只为向我开战。

当我变成这样,当我将自己变得精确,我重又回归了无一物应消失的国度。在我这一生之后,在这个逃逸与疯狂的瞬间之后,在一切未完成的运动之后,在一切不完美的词语之后,我应该要离开了。当我想要,通过流浪,摆脱日常习惯之物,我所感受到的便是如此。当我想要褪去我人的外形,我所希求的便是如此。不可能为其他。上升、下降,还有什么意义?出发去向何处?上升,升向哪个绝对之所?任由自身滑向哪个深渊,为哪个漏斗所漏下?水井无所谓井底。高低并不存在。深渊并不凹陷,而现实坚硬的外衣也永远不会打开缝隙,不会露出人们沉浸其中又消解其中的空无的巨洞。真实冷酷无情;它从不休憩,它无法通过遗忘给予和平。没有一种死亡是全然的。这世上,不存在消失的方法。没有摧毁存在的方法。没有寻得虚无的方法。这便是物质无可扭曲的指令,可怖而宏大的指令,它告诉一切事物,存在,**存在**。令人憎恶又令人愉悦的命令,恨与爱的命令,美与恐怖的命令,出自无处,不可理解。它在此,永恒被标记,存在于宇宙的每一个碎片里。它在此,在一切之上,与存在之物完美合一,因为完全可见而彻底不可见,这是一目了然的、真实的,事情便是如此。

它在,与石粒融在一起,与水和空气分子融合一体,与以太、与盐和硫黄、与金和碳融合在一起。它是存在的巨大激情。十分温柔又十分暴戾的狂怒,针对一切的狂热,最大、最实在的、唯一的悲剧。

未来,当我死去,我不会离开任何事物。当我的气息变冷,当我的血肉归于尘土,当我重新将灵魂还归世界,我不会离开任何事物。我不会出发。我不会找回平和。那时我已不会知晓,但归根结底,一切都不会改变。我会始终活着,我,四散于没有天际的世界,我会始终存在,在此,或彼,在生命的斗争里。

未来,当我死去,我会始终居于此处。我思想的跃动将会消失,但我会一直思考着,与他人一道,在他人中思考着。

死亡的世界,我并不知晓,但你却比我更加鲜活。你在树丛与天空中窥伺着我,你从物品深处不停监视着我。你伸展、不动、冰冷或温暖的身躯,就在我脚下。我在你之上行走。我汲取你的养分,我享受着你。你的眼无处不在。你的手,你的血肉无处不在。四处皆有你在诉说。我无法逃离你。没有什么能够逃离你。当我以为自己,独我一人,已经尽量离你远去,这一秒,我依然属于你。当我以为自己通过暴力与爱已经将你战胜,这一秒,我渴求的还是你,是你,我思想的客体。

未来,当我碎成各种元素,当我消耗殆尽、精疲力竭,已经磨破了我自主的袋皮,甜美而宁静的渗透运动就此开始。我将展开自我。好像一片支系蔓延、流散开去的水面,我将逐渐覆盖现实的大地。我将逐渐认出我生命的地点。我将被吞噬饮下,就这般,没入物质之中,直至我不过是其中一个碎片。我将没有秘密。彻底被压平、混合、印压。我的形状再不是形状。我的身躯再不是身躯。被稀释的谎言,被抹开、熄灭的谎言。突然之间,就这般,变成了**真实**的一个碎片的谎言。

命运再不与活着的事物相分离。向寂静与愚蠢的奇特回归藏于面具之下。内含的生命、心底的生命被这些雕刻的线条标记,而我们再也无法将它们分开。这个女人涂脂抹粉的面容,描黑夹弯的睫毛,尖鼻子,红嘴唇,上了绿色眼影的眼皮,扑了粉的脸颊,散开无数条螺旋发卷的黄棕色头发,刷了睫毛膏的浓厚睫毛,这张假面是活的。它的每一个假物里都栖居着无可置疑的真实。这张面孔被戴在脖子顶上,为生命而精心装扮,组合,因为过于庄重而变得滑稽。夜里，在泛着钢铁光芒的无数镜面前，它被戴起，以去征服死亡。双唇微张，露出一排白牙，让薄荷味的呼气渗出。如穗的睫毛开合，为钻石般闪烁的目光开启短暂的通道。在浑浊的虹膜上，反光不停进出，而炫目的巩膜闪耀着，隐隐约约染上蓝色。这个转瞬即逝而实在的女人，这个真实与谎言的女人被呈现在此，一如一枚硬币上的人像。所以她的思想、她的情感、她的命运都被关进她的内心，克制、沉默、不可捉摸。若要探出她的秘密，就必须脱去她全部的外衣：一件件扯下她的衣物，扯下她的假睫毛与假发，擦去她的脂粉，散开她的发夹，撕裂她的拉链，扯坏她的皮筋、她的按扣。必须在她四周堆起这些花哨刺目的碎片，将饰品放回纸箱，用浸有酒精的棉块擦去脂粉，吹散香水，解开发辫，洗去珍珠色的甲油，折断高跟，烧掉、毁掉一切挂在她身上的事物。但这没有止境；还必须扯下她的皮肤，剔下她的骨肉，不断切割、削薄、剥离。因为虚假的事物也是她的一部分。这一切由人手制造的物品都是她的身躯，她活生生的、无尽的身躯。这些被涂上的色彩，这些紧身衣、胸衣、胸罩，坚硬骨架上尼龙与弹性面料的布层，都是这出戏的一部分。不再真正有所谓真实或人为。在这机械目光的雕像里，在这穿着衣服的女人的雕像里，存有无限的精神。这是死亡，穿上生的华服，堂皇地展现自身。那张灵活的面具由爱、由恨备下，为他人，也为自己。但它并没有撒谎：它不是无价值的；它完全是它自己，无缘无故，无懈可击。这游戏变成了唯一的自然。

在这张苍白、万变，同时又凝固的脸上，我们可以看见死亡业已开始的创作。在它的每一个动作里，在它的每一个把戏里，我们都可以看见那些已经不再有生、回归混沌的事物。复制的自然，扭曲的自然，依然是自然。它无法逃离。它无法逃离死亡。在这一整具颤动而真实的躯体上，落下又裹上霓虹灯光、夜色、反光、台灯与射灯的热量。在这具惯常的躯体上，在这具工具形状的躯体上，可以看见虚荣与无用，而这便是最高之美的符号。

我们无法脱去外衣。我们无法将之否认。现实的品质与人造之物融为一体。这品质也居于它自己的布景里。我们无处可回：对生命的仿像生于生命之中，它便是生命。这场游戏同样是为了赢得最高的现实与最高的遗忘。

玻璃或赛璐珞物品、墨镜、香水、假发、脂粉、紧贴身形的衣物，都像是这个女人的器官。在一个个小指甲油瓶上，写着这些可笑又温柔的名字，于是这些名字也同她自己的名字一道成为她的名字：

完美非凡

璀璨红

撒马尔罕①

如醉似梦

茴香

阿格里真托②

果香四溢③

品高品高(Pinko Pinko)

霹雳霹雳椒④

蔓长春花

无礼玫瑰

塔希提女人

胭脂飞红

新加坡

苹果花

---

① 撒马尔罕(Samarcande),乌兹别克斯坦城市名,是丝绸之路上历史悠久的中亚古城。
② 阿格里真托(Agrigente),意大利西西里岛南部城市,世界文化遗产神殿之谷所在地。
③ 果香四溢(Tutti Frutti),意大利语意为"所有水果",指各种水果的香味或口味。
④ 霹雳霹雳椒(Pili Pili),非洲斯瓦西里语里"辣椒"一词。

利立浦特①

东方珍珠

墨西哥

椰子

基斯诺斯

萨摩斯

卡利姆诺斯

林多斯②

这一整个运动的宇宙围绕它不可见的中心旋转着,与它融为一体,以致我们再说不出,到底,谁是那个女人。而这个宇宙缓缓走向寂静、走向空无。它不动地旅行着。因为它的每一个步骤不是一次形变,而是对其始终所是面貌愈发显然的彰显。

有弹性的皮肤,为香膏与乳霜滋润、为丝绸或尼龙细布磨损的皮肤,由吃喝饮食造就的皮肤,公寓与海滩的皮肤,交尾与罪行的皮肤。年轻、成熟、衰老的皮肤。长沙

---

① 利立浦特(Lilliput),系英国作家乔纳森·斯威夫特1726年小说《格列佛游记》中虚构的小人国名。

② 基斯诺斯(Kythnos)、萨摩斯(Samos)、卡利姆诺斯(Kalimnos)、林多斯(Lindos)皆为希腊岛屿名。

发、太阳生硬的光、霓虹生硬的光的皮肤。香烟、金打火机、汽车的皮肤。孕育、堕胎的皮肤。文化的皮肤。电影、诗歌、爵士乐唱片的皮肤。道德的皮肤。神的皮肤。绿色阳伞、柠檬水、欢愉的皮肤。绿、白、黄、蓝、红、黑色火柴的皮肤。受苦的皮肤。战争的皮肤。不幸的皮肤。尿液、汗液、酸涩的皮肤。冷金属、花岗岩、钙质、水垢的皮肤。轻透的空气、深沉的空气、冻结的空无的皮肤。巨大的表皮，无际延展的外皮将一切裹入它的囊中，赋予一切与它相似的外象。这个女人溢出她四周，她已经冲垮了自我的贪婪堤坝，逐渐占据了世界。将空间纳为己有。而我，我也属于这永恒的面容，这精致的鼻子，这高耸的颧骨，这光芒闪烁的眼，这嘴，这四肢，这胸脯，这肺，这些成套的胰腺，以及这流动在管道里的血。我服从这个声音，这个声音便是我的声音。这个精神便是我的精神，这种自主便是我的自主。这张外皮，这面织物无尽广阔，而我不过其中的一个片段，它在我之外延续着我，而若说从此我谁也不是，那便是因为谁也不再外乎于我。

这一切，便是死亡中依然存续之事。这便是，当下，虽未被否认，甚至未被隐瞒，但唯有我终于不再想要理解它时，才能被揭露的事。

这个我曾以为陌生的、化了妆面的女人，这个红白蜡像、这座不动的雕塑,无处不在,围绕着我,让我屈服。未来属于她。她不遥远,也不疏离。她和我一起,为血与物质相连,就这样,在已然之中,**被将来之事**合为一体。

而现在,既然我已无须为死去而死亡,我不愿再继续词语的恨意。这个我触碰到的空间,这个滋养我的空间,这个我无法理解却理解我的时间,我不愿再用可憎的词汇将它们寻找。语言,在将我带往我的顶端之后,又将我领向无可言说,或许也领向幸福。我已经在此,身处完全在场、永恒服从的世界。我再无所求,再无可信。我无须继续希望克服障碍,希望通过杀戮、侵害去占有。这服从的一刻自第一日起便已命定。自第一物诞生之日起,这幻象就应该被吸收。这符号就应该回归自身,停止模仿。就让这辛苦构建的长句拆散它的网络结构,就此消失。就这样,它融化了,因为它的组织架构全由湮灭组成。像我一般,又在我之前,这句话的一点一滴也必须与它诞生其中的沉默物质合为一体。它曾是我的灵魂,它曾让我与世界相遇,它曾赋予我生命,而现在,这个灵魂也必须在比它更广阔的存在中消亡,这个被看见的世界也必须铺陈贴附于比那灵魂所想表达的更为强大的世界上。

沉 默

曾经无比坚实、极尽欢愉的事物，所有这些推动舞台上歌剧上演的语言的沉醉，所有这些无限充实、无限美的生命，都没能掩盖真相。流逝的时间也奉上麻醉剂般的运动，可却无济于事。词语的尖刺还不够坚硬，未能幸存。它们既未能剥去外壳，也无法让人遗忘；它们造成的伤口几乎即刻愈合。人也曾奋起而动；他们建起庙宇与城市，他们造出惊人的机器。他们斗争过、痛苦过、爱过。他们笑过。他们咒骂过。他们祈祷过。但这都不够。他们无法忘记他们真正的命运，他们无法掩盖终点的沉寂。在他们体内，在我体内，不停回荡着覆盖一切的宏大声音，这个既陌生又熟悉的声音要求它的造物各归其位。哪怕在他们的种种动作里，在他们最繁茂的生命里，人类依然如此被统治。当他们行走，当他们说话或思考，当他们遭受切肤之痛，当他们绝望地想要理解，想要远离命中注定的结局，当爱为了种族延续将他们欺骗，当鼓起的腹部让摆脱死亡的种子成熟，当他们完成这一切，还有其他许多事情，他们并非毫不知情而为之。他们带着内心对死亡的认知完成这一切。他们心底明白自己其实什么也没做，一切都是徒劳，还未开始已经失败，注定走向混沌。知道这一切，再无法将它忘却，他们的人生并不容易；他们的生命是悲剧性的。他们抗争、他们咒骂、他们想要扼杀，但他们心底,却早已有了这种残忍的和平的概念,他们已经领略了休憩世界的旷野。

正是这一自伊始便已存在的真相指导了他们的行动。这种空白、这种沉默、这种否定,不否认什么,只是围绕四周。是它让事物之中生出虚荣,是它让一切本可自由的存在变得绝对无用。但这并不可憎。这不可能是可憎的。它不可替代,它便是存在过的一切的本性。它是每一个地狱的碎片里封存的天堂,是每一个短暂时间片段里的永恒。人类徒然将它憎恨,这沉默便是他们唯一的信仰,他们的希望。因为没了这个回归之所,生命也不再可能。这种死亡不只是必需的,它是自明的、完满的,几乎是神圣的。正是这个结局让人们得以参与到时间中去,得以在生命中获得幸福。

甚至,这死亡的概念才是享乐中最强烈的部分;是坚实中最坚实、炽热中最炽热、空气中最轻盈的事物,是火中火,水中水。这死亡是曾经确定、精准、切实的存在。这死亡是女人,是男人。这死亡便已是存在之物的高度纯粹之态。

这种欲望是隐秘的,但同时又众所周知。他们不曾有一刻怀疑过这个结局。他们曾经经历、建造、热爱的一切,都是面对死亡而完成。这种成就让他们的生命成为探险。

死亡制造了命运。在万物中心,他们观察到了这个悲剧性而动人的标记。在一切柔和良善的事物里,他们猜出了敌人的样貌;一切他们所爱的事物,他们也憎恨着它,因为他们从中看到了罪恶的凶器。

然而,这个敌人没有敌意。这些武器也不含罪孽。因为超越一切之上,他们明白自己终要回归、臣服。是敌是友,又有何干系?爱、恨,都不是现实。也不可持久。远在这些伤口与快乐之外,远在生命之外,还有朝向世界无与伦比的回归。远在不幸与幸福之外,还有这种无限的快乐,这种永恒纠缠的和平与战争,这个被展现的谜,它永不可被解开,因为归根结底,我们也是其中的一个部分。

这死亡就好像一道不知所起的目光,一种为理性所陌生的理性,它既不求理解,也不求穿透世界,它只愿找回世界。我身上总有这冰冷的一隅,这个寂静与空无的奇特领域。仿佛一份记忆,一份关于百万又百万年混沌的记忆,活在我身,存于每一种思绪与每一种欲望里。它是光的暗面,是我内核里阴暗冰冻的部分。它是字里行间的未尽之言,我们无法阅读,只能从宇宙的景观里揣测。充盈世界的巨大缺席,死的概念,死的游戏,死的肉与骨。这道至高目光与意识一道降临我身,更胜于人性;这第三只眼开在我的额头,它比余下两只眼看得更清楚;这另一只耳朵,另一只鼻子,另一张嘴,是的,这另一整具身躯都与我同时活着,如影子般与我相同,又像具尸体与我有别。正是这种意识主导着我,赋予我我的存在。这道无限的目光在我的形体里凝固变硬,而我的生命也在这盏聚光灯冰冷、平静的灯光下显出它的崎岖起伏。这道目光带着我超越了我的感官、超越了我的幻想;它是我体内的实在,是我体内的自我。它作用于我的认知,这黑夜中的太阳,它让我知晓。因为它,我重新与混沌相连,也不会对空无视而不见。它才真正是我的灵魂,因为在我还不知道问题何处时,它已经一下子给了我答案。

在我体内,每时每刻,总有这个死去的人。思想回归物质,躯体冷却、滑入地层,名字被消抹,动作被分解,词语归于寂静。每当我创造便摧毁之人,每当我书写便抹去之人,你从未离开我。忠心耿耿,你履行着自己的职责,也让我知晓了绝对的概念。是你让我认识了这死亡的土壤,是你让我生命的每一分钟都变得庄严。我在他人身上,在相同的眼口、相同的面庞里认出了你。是你为我指出了无限已准备好、等待其中的动物、植物、岩石、气体。你便是我精神的精神,身躯的身躯,生命的生命。就好像我体内可能包含的某个神祇,你在这冰冷凝固的世界中,以造物将我命名。你是我生命中的父,我死去的父亲,有朝一日我将向着你回归。你是我始终与之分离,却终将与他融合的人。

我体内那个居于死亡的人并不想我活着。在我完成的一举一动里,他都要求我回来,回来……这个声音,他无言的、全然沉默的声音,我在自己的每个词里都能听到,这声音对我说:"必须离开……必须出发……放下这一切吧,来!"正是他想让我远游,想让我抛下一切。在我之外,有着我必须填满的无可忍受的空无。这黑夜必将到来,我感觉到了,这黑夜终于渴望诞生。我如何依然活着?我如何竟能抵抗这种呼唤?在我身体的躯壳里,我的整个精神都转向深渊、企图消失。好像被装起的水,它想要蔓延,想要铺展开去,融于世界。这一点无法被忘却。我完成的每个词,每个举动都将我引向这神圣又可憎的国度,让我接近结局。如此这般,渐渐地,我的生命虽然还在跃动,我却已迈步出发。我起身沿着我的轨道滑行,缓慢地、平稳地,而我再不会停下。走向那些烟灰缸与那些餐桌,行走着,走下生铁地板,走向水泥人行道,走向树丛与积满灰尘的碎石,走上通往攒动不息、不可摧毁的分子的道路,我深入泥土,我消失,我消失,我离开……毫无察觉,也不抵抗,因为这便是我的愿望,我踏上回归的漫长旅途,走向冰冻与寂静,走向多样、平静而可怖的物质;虽不理解,却又确信自己要这么做,我启程走上或许永不终结的神圣而漫长的旅途。

词中世界
——《物质的迷醉》译后记

一个作家如何描述眼中的世界？或许这便是《物质的迷醉》回答的问题。1967年，距勒克莱齐奥首部小说面世不过四年时间，27岁的作家要用一本书探寻世界的样貌，计划不可谓不宏大。挑战显而易见，因为诸如存在、现实与自我本就是人的终极问题，何况这个叛逆的年轻人还不加掩饰地怀疑一切，无论既有的思想、体系、语言，还是他自身。大体《物质的迷醉》最终只是以更多的问题代替了回答，但其中包含的种种构想却在作者此后的作品中不断复现，随他的个人经历与思想发展而丰富，又保持了内在一致性。也难怪关于勒克莱齐奥的研究往往要回到本书。在此意义上，我视《物质的迷醉》为一个起源、一个伊始，孕育着作者未来书写的诸多风格元素与思想母题。

一、永恒世界与人的短暂相遇

本书关乎一场永恒世界与人的短暂相遇,它始于"我"未生之时,终于"我"死后之时——书册虽有始末,书中的时间却无始无终,仿佛超越了文本的世界。

这个结构从目录就可见一二。全书分为三大章:开篇一场"物质的迷醉"将读者骤然投入有"我"之前纯粹的物质世界,无限、混沌、运动不息,"一切都在创造之中,但从不造成"。我们隐约从中看出些瑰丽的景象,四季瞬息流转,日升月落,白日重复着孕育生命的爆炸,黑夜中万物却崩塌静止。可无人明白这一切背后的原因,仿佛它们不过巧合,是无意义的运动。就好像为了理解这种无序,"我"诞生了——篇章结束于"我"的第一声心跳。但生命带来的却不是全然的喜悦,因为"我"的心脏也是一间屠宰室,心跳就好像刺入牛后颈的钉子的敲击声,预示着生命,也预示着死亡。

这个独立的个体一旦分离,他的思想机制便不可抑制地运转。第二部分作为全书最长的章节,从"我"的视角重新认识了既有世界。作者笔下这位第一人称的叙述者,似乎不乏阅历,却又以天真的口吻诘问一切常识。他的思绪是发散的,文中随处可见跳跃的联想、离题,和信手而来的摘录与回忆,但它到底不是彻底无序。我们看到两种截然不同的思维活动:一种不断向外,将触角伸向所有切实存在的事物;另一种却不停向内,周而复始地反诘自身。这两种运动相向而行又相辅相成。起先,"我"观察自然与社会的景象,随后,"我"意识到自己也不过是这些外物的造物,于是刹那间,外观的"我"看到了"我"的存在本身。这个人造之"我"意识到了自己的意识。他依旧理解着世界,却不得不同时反思他意识的边界。他投身一场危险的镜像游戏,冒着迷失的风险,在书写中寻找新的可能。

最终,"沉默"成为一切的终局。死亡自然是种沉默,人生须臾的太阳不可永恒燃烧,当它熄灭,被它搅动的世界重又回归恒常无声。但哪怕活着的时候,"我"意识的太阳依然无法照亮万物,总有恒常无声的世界在"我"意识之外,无关于"我"而存在,总有这寂静是"我"日常的部分,总有这死亡与"我"的生命同行。我们似乎又回到了有"我"之前那个无限、混沌、运动不息的世界。然而,经由对世界与自我的双重思考,本书的叙述者暂时消解了死与生、有与无的对立,于是沉默也不再是全然的沉默,而成为"永不终结的神圣而漫长的旅途"。

1998年《文学杂志》(*Magazine littéraire*)第362期刊

登了一篇热拉尔·德·科尔唐兹(Gérard de Cortanze)与勒克莱齐奥的访谈汇编。谈起《物质的迷醉》这一时期的创作,作家用了一个非常有趣的图形来形容自己的作品构造:菱形。勒克莱齐奥解释道,尤瑟纳尔曾在散文集《时间,这伟大的雕塑家》(*Le Temps, ce grand sculpteur*)中提到埃德温王改信基督教时听到的比喻,人生就像一只飞翔在阴沉冬日的小鸟,骤然闯入某个温暖明亮的房间,一时为其中炫目的光芒着迷,却很快又飞入风雨中。对勒克莱齐奥而言,这个意象同样适用于文学。"[那时]我想做的[……]是创造一本书,其中有一种此前的虚无与一种此后的虚无。"读《物质的迷醉》,便正如这只小鸟,经由茫然无序的狭窄入口,豁然走进宽敞的菱形内部,又重新飞入茫然无序的世界中。可激荡于作者磅礴的思绪、敏锐的感知、诗意的描写,此后的虚无再不同于此前的虚无,永恒世界在与"我"的短暂相遇中碰撞出炫目的火花,展现出全新的面貌。

二、意识与物质的辩证

在这场短暂的相遇中,作者跃动的思维赋予了《物质的迷醉》丰富的主题,从形而上的存在与虚无,到精神领域的宗教与艺术,再到实用主义的社会价值体系,每个读者都可以找到他独特的理解路径。这一点,种种研究已做了见证,不再赘述。不过依照前文内外相向的两种运动,我们却可得出两个显而易见的关键词:意识与物质。

上文提及的访谈里,勒克莱齐奥曾说,意识,尤其是自我意识,是萦绕他那一时期创作的词。作者视之为成熟的标志,认为它是迈入成年的关键一步。可他口中的"自我意识"全然没有笛卡尔式的直观与确然。《物质的迷醉》中,意识更多与对个体封闭的恐惧相连。无意识地活着是种封闭,因为个体会在社会生活中随波逐流,建起所谓的体系,构成生活的准则,"不再走向他人、走向世界"。沉迷意识的世界同样是种封闭,因为个体固然可以通过理性构建出精致完美的理念,但这抽象的构建却只是"无限镜像绝对而空虚的游戏",无法触及现实分毫。所以理想的"自我意识"必须同时避免上述两种倾向;它不是不言自明的存在,需要小心翼翼维持平衡,使人在保持自我的同时向他人与世界敞开。

如何实现呢? 未来走遍美洲、非洲、亚洲的作家或许会说通过走向异质、拥抱他者的文明实现。但年轻的作家尚在与现代文明缠斗。于是他把目光转回物质,仿佛置之死地而后生。《物质的迷醉》中的"物质"与《诉讼笔录》或

《战争》中物质社会的概念形成了对比。它不是工业社会不断增殖的产品，也不是消费社会被人追捧的符号。这里的"物质"是对物品的现象学还原，指向被呈现、被感知的存在："坚硬，或柔软的表面，热，冷，甜，温，呛，精妙颤动的香气，色彩，蓝，绿，红，黄，赭，黑和灰，亮白，浅紫，或暗淡或鲜艳，然后还有直线，曲线，结构，精确、凹陷、半透明的浮雕"……元素尚未出于某种目的被组合，自然与人造物也不加区别。

为了避免个体的封闭，却又厌恶空洞的假象，作者于是开始探寻自我意识的物质之维，开始探寻自我意识初生却尚未脱离对物质的感官的时刻，"奔跑的时候，或是害怕的时候"，内心提示生命的"悸动"引发痛感的时刻。那一瞬，诸般存在与我同样刚被感知，而未被理解；那一瞬，诸般存在与我同样没有目的、没有方向，尚未被抽象为概念，也尚未被整理为系统。这是"平白"的瞬间，这是"在场"的时刻，自我重新与直观具体的世界相连："难道[……]就没有其他直接与世界建立联系的可能？或许现实也会孕育一种直观的智性，诞生于感官，同亘古的执念与迷狂相连？"

这当然是极为粗略的解读，因为书中的思维过程远要复杂许多。勒克莱齐奥的思想常被称作辩证的思想，评论家们没有忽略他对东方文化的阅读,没有忽略他与道家思想阴阳相生相克的应和。诸如"生即是死,死即是生。一如无穷出于有尽,而有尽生出无穷"的句子也很难不让人读出庄子的风格。《物质的迷醉》开篇引用的奥义书故事就颇有辩证的意味。两只鸟同栖一树,一只吃着果子,一只却只观看。吃是身体与世界的物质交换,而看则是意识的组成部分,是主体的行动,一如作者所说,"某一日起我们投向生活中所有事件的目光,变成了自我,开启了一扇永不关闭的门"。于是这两只鸟形成了对个体的隐喻:一边是与世界互动的物质之躯,一边是意识到这种存在的精神,两者彼此不离,形成一个整体。书中的论述常常踏着这样正反合的步伐前进:试图理解他人的自我意识揭示了他人意识的存在,而他人的意识又让我意识到自我,于是我的意识便同时承载了自我与他者的目光。

三、语言的现实和现实的语言

所有这一切却还有个共同的前提,那便是语言。"无限居中"一章伊始,作者早早指出了语言在其思想中的根本地位:"无他,对我而言无他,唯有语言。它是唯一的问题,抑或,唯一的现实。"无论回归物质的尝试还是自我意识的剖析,都以语言为途径。这当然是身为作家的必须与必然。用笔书写世界之人只得倚仗词语为他眼中的世界赋形。如何展示有"我"之前的世界?如何说明"我"之外的宇宙?自我不存在的彼岸、混沌而充实的空无、刹那在场的迷醉,是文字让这些不可能的景象呈现在我们面前。

但这一论断同样包含作者对语言与现实的思考。《物质的迷醉》为我们呈现出两者间的复杂关系。它一方面不断将语言与现实对等:现实是形式与内容不可分离的统一体,而语言恰恰是"形式与内容相结合的最完美案例","人与人之间的一切关系都是语言","我们通过语言构造的便是唯一的现实"。另一方面,它又接连对语言提出质疑:作为交流工具,语言带来的"沟通本就是虚假的;它纯属幻觉"。面对不言自明的物质世界,语言似乎也"永远不可能重塑这种一目了然的自在体,因为语言便是阐释,是异化,是行动"。

要理解这种矛盾,必须看到勒克莱齐奥笔下的"现实"与"语言"都是多维度的。玛格丽特·勒克莱齐奥(Marguerite Le Clézio)在《语言或现实:勒克莱齐奥的柏拉图现象学》(« Langage ou réalité: la phénoménologie platonicienne de J. M. G. Le Clézio »)中指出,作家笔下的"现实"至少同时指向"物理的、可感的现实,语言的现实[……],心理的现实,以及形而上、超现实的现实"。而《物质的迷醉》所提及的语言则同时涵盖交流的语言、抽象的语言、系统的语言等。

所谓语言即现实,不如说是作者想要达到的理想状态,是特定维度现实与特定维度语言的共振。如前所言,作家期望触及在场的瞬间的真实,它因而是物理(外部)现实与心理(内在)现实的某种结合体,既通过感官走向物质的真容,又通过物质世界揭示未被认识的自我。为此,日常交流的语言显然不够,因为它内嵌了社会规约的体系,与物质有了隔阂。勒克莱齐奥说的是某种"基础的、本质的"语言,逼近死亡的语言,其中只有词典里的词,"剥去所有幻想的外皮,只留下它们在词汇系统里与其他词相比而具有的含义"。

但这种语言是否可能?作家似乎又生了犹疑。他是悲观的,因为"不存在某种诉说真相的语言","我们到达目的地的机会微乎其微。道路多数时候通往沉默,而不是词语系统的胜利"。毕竟本书也结束于"沉默",而非语言的喧哗。但他又确实在语言里看到了这种生成的力量,乃至"为了接近我的真实,我贫乏的工具,只有直觉与语言"。

勒克莱齐奥对现实与语言的思考值得关注,因为它构成了理解作家对写作、对文学诸多认识的基石。于是我们明白他为何始终认为写作的首要目的不是阐释,而是见证。因为理解即以体系对繁杂的存在加以梳理,解释即将这个体系赋予事物,以此判定它的价值。这是青年勒克莱齐奥所警觉的。透过抽象、机械、理性的思想,他渴望看到杂乱、丰富而动人的此刻,他需要写作来见证"活着"这件事本身。

我们也明白了他从评论家雅克·贝尔萨尼(Jacques Bersani)那里借来比喻的含义:像"地震仪"一样写作,"[作家]的手不过是一部地震仪,记录远方传来的震动,而所写下的不过是信号而已"。感官的身体捕捉着物质世界,手则如写针即刻记下变化。语言同现实产生共振,记录下完满的、在场的真实。

四、日常生活的诗意哲学

我们当然可以继续上述思辨,找到《物质的迷醉》同存在主义、现象学、结构主义、辩证法等之间千丝万缕的联系。但在我看来,论理却远非作品最迷人之处。《物质的迷醉》固然是对语言的反思,可也在反思中创造着语言。它探讨书写的可能,又通过书写尝试着种种可能。这首富于哲思的"诗",因其别具一格的想象,细腻新奇的表达,以更愉悦也更本能的方式,将我们带入了那个迷醉的世界。

独一无二的阅读体验尤其来自具体与抽象间的化学反应。"错位"之词出人意料地出现,美丽宛如"空荡荡的烟灰缸"与存在的相遇。你发现平凡诸如"温柔"或"缓慢"等词变得难以捉摸,而宏大诸如"真实"与"死亡"的概念却躲进"狗的两只黄眼睛","毫无征兆地,落在[你]身上"。无论作者寻找的理想语言到底什么模样,从他的文字里,我们看到的是充满不确定性的语言。

这种不确定性,首先源于丰富的词语及它们间奇特的组合。《物质的迷醉》里充满了各式各样的词:自明、金色葡萄球菌属、中微子、布尔乔亚、拱心石、等腰三角形……勒克莱齐奥说,他爱"词典里的词",于是哲学、生物学、物理学、经济学、建筑学、数学领域或具体或抽象的词,仿佛从词典里新鲜摘下,又被别出心裁地放在一起。我们看到一张蜘蛛网被极尽精确的数学语言描述出来,呈现出"一个规则的五边形,[……]由四条两两等长的边($\alpha-\beta,\delta-\gamma$ 和 $\alpha-\varepsilon,\varepsilon-\delta$)和一条稍短的边($\beta-\gamma$)构成"。不同词类变成了微生物与细胞结构,"名词,细胞核。形容词,名词的延伸,一如收缩自如的细胞膜。动词,鞭毛。结构词,无机物,运输养分的中介"。而"我"周遭的物品与动作,从门窗、酒食到飞机、大海,从奔跑、喊叫到出生、死亡,都被按照9x10的格式排成表格。本书的叙述者仿佛拥有某种超乎常人的感知力,能够发现他人无从感知的逻辑,将世界以闻所未闻的方式联系在一起。

这种不确定性,还源于词与日常生活的碰撞。本书的叙述者说,"我愈发需要有血有肉的语言"。他希望语言是具体的。所谓具体,首先指书写的对象是具体的。日常生活成了这具体语言的直接来源。令人惊讶的是,虽然反复说起星辰宇宙、远古未来,《物质的迷醉》中这个"我"似乎从未离开他居住的那间卧室、那条街、那座城。他所写的无外乎墙上的百叶窗、桌上的杂志与烟灰缸、窗外传来的手风琴声、老人与孩子路过的街景。他是足不出户的旅行者,在世界的一隅探索着无限。所谓具体,还意味着书写的方式是具体的。作者毫不掩饰自己对日常生活微小细节的喜爱。对我而言,这些段落格外迷人,因为它们亲切可爱,直对着人的感官说话,让你听见窗外传来难以辨识的敲击声,看见灯光下所有金属物品微弱的反光,感受到阳光的暖与黑夜的冷。这是人人都有的日常体验,能够唤起本能的感官记忆。但它们却又与最广阔的世界相连,成为一种象征。两只争食的鸽子、一只结网的蜘蛛、屏幕里一张女人的脸、餐桌上一只被打死的苍蝇……它们既指向自身,又成为某种更隐秘之谜的显像。一如叙述者所说:

"神、永恒、死亡、荒诞、无尽、爱、命运、自由、艺术、迷醉、美、善或恶:现在我明白你们所言之物;你们想说的是:岩石、寒冷、饥饿、恐惧、伤口、血、性交、衰老、发热、天空、大海、大地或云;你们想说的是:腕表、酸奶、面包、衬衣、报纸、电影、香烟、金钱、电视、金发女人、龋齿、胸腺癌、柴油火炉。"必须是从神与永恒向着腕表与酸奶不断具象的过程,而非相反,因为目的不在于赋予具体之物以抽象的内涵,而是承认两者密不可分。迷狂与永恒必须通过龋齿或柴油火炉呈现自身,而无限存在于每个在场的瞬间。当勒克莱齐奥细细描写"白漆墙上凝结的蒸汽水珠最微小的细节,盥洗池釉层上的刮痕,龙头上的水垢,肥皂水面上的浮渣",他说的既是这间浴室,又是无尽的空无。一种以日常寄寓永恒的语言,在探寻在场的现实的过程中也改变了日常的样貌,让我们习以为常的事物重新熠熠闪光。

五、"无限居中"的翻译

我非常感谢翻译过程中,勒克莱齐奥先生对我提出的大小问题耐心地解答。他的回复通常是简短的,却十分清晰,且相当周到。涉及某些颇有"自动书写"风格的段落,当他确实记不起某个专有名词的含义,作者也会补充说明这里可能的情形及他试图营造的效果。了解创作目的对翻译大有裨益，也省去了不少纠结。

在关于翻译的几次讨论中，作家刻意保留的词语多义性是个重点。一个典型例证是 dureté 一词，它既可以指物质的硬度、刚度，又可指物体坚硬的特质，还可以引申出生硬、冷酷的含义。本书中，它被灵活运用于具体的物体与抽象的世界，时而与"在场"并列，时而又与"疯狂"并举。当我问起它的具体含义，勒克莱齐奥说 dureté 不仅意为坚硬、坚固，还因发音与 durer（持续）相近，而感官上"坚固"又让人联想到不易磨损、长久保存，故而又指向物质恒久不变的存在，构成转瞬多变的精神的对立面。

这大概便是"不可译性"彰显的时刻。面对如此意涵，要如何找它中文的对等词？答案却依然在勒克莱齐奥的回复中。第二章的标题 infiniment moyen 同样涉及多义问题。moyen 一词，按我的理解，至少有两重含义。其一是最基本的中位概念，即在空间、程度或等级上处于两极之中；其二则是由此延伸的中等、普通之意。由此，我认为"infiniment moyen"作为第二章的标题，既是对个体境况的定位，又是一种方法论。"在无限大与无限小之间，还有着无限居中。"在无限大的世界与构成世界无限小的粒子之间，在无限大的时间与构成时间长河无限小的分秒之间，个体始终居于中位,他既不伟大也不渺小,他的思考与认知便是普通人的思考与认知。但这认知同样可以是无限的,正如日常生活中同样可以得出无限的存在。在此意义上,"无限居中"或也可译成"无限中庸""无限普通""无限中等"。与此同时,"无限居中"也是对辩证思维方式的概括,是并举正反取其中的方法论。我们已经谈过本书的思考如何按正反合的步调前进,而这种处理也可被视为"无限居中"或"无限折中"。实在无法定夺,我将几种译法原样译回法语,征求作家的意见,而他选择了最直白的"在中间"(au milieu)。这给了我新的启发,比之纠结哪种理解更准确,不如尽可能保留下词语开启的联想空间;原原本本地译出作者所给的"出发点",而把探索的工作交由读者。正如 dureté 能让法语读者联想到 dur 与 durée,"坚实"也许也可能让中文读者联想到"实在""确实"。这当然是极其理想的希望,毕竟这联想空间里也包含了我的解读,但我仍希望读者能从这些艰涩的翻译中得到些许新的体验。

不过翻译中还有另一个遗憾,那便是时态的损耗。尤其在"物质的迷醉"与"沉默"两章,原文在现在时与不同过去时态间(尤其是未完成过去时与愈过去时)灵活切换,形成了独特的阅读体验。问及此中用意,勒克莱齐奥说,过去时态除了强调时序先后,也展现了某种历史的、一时的经历，与现在时暗含的普遍真实是相对的。故而，当文中对"我"的描述突然从过去时变为现在时，就仿佛有什么超越了"我"历史的、暂时的状态，成为普遍恒久的事实。而当文中关于世界的现在时书写中突然插入了"我"的过去式，就好像普适的存在突然被纳入了"我"的个体体验。如此转变，译文中有时可以通过时间副词来表明，有时却为了行文通顺合理而不得不放弃，故记录于此。

我把自己的翻译称作"无限居中"的翻译。"无限"自谈不上，不过强与章节标题做个呼应；"居中"却实打实是取"中等""普通"的含义，或许勉强也带些"折中"的意思。它是在语言差异、作者风格与译者语言水平之间艰难平衡的结果，仍有诸多不尽如人意之处。

读过《物质的迷醉》，我总会想，也许作家同数学家、物理学家或哲学家并没有表面看来那么不同。他们都在寻求一种精确的方式描述眼中的世界。后三者各自找到了足够独立的符号体系；而作家倚仗的却是日常语言，奇形怪状、杂乱无章的词汇，习惯而成的语法及数倍于它的例外，还有潜藏其中捉摸不定的"意思""内涵"……这是他的不幸，却也是他的幸运，因为正如本书所言，这种语言"确定性上的贫乏却是偶然性上的财富"。面对复杂而无尽的世界,作家唯有真诚,真诚面对自我、面对生活,真诚地在读者面前展现自己矛盾、复杂、无措的思考。正因如此,他笔下这个词中世界,在建立起理性理解之前,便已触及我们的皮肤、我们的心神,在感官与情感上与我们产生了奇妙的共鸣。

2021 年 10 月 15 日于南京大学

L'extase matérielle by J.M.G. Le Clézio
© Éditions Gallimard，1967
Simplified Chinese translation © 2023 by NJUP
All rights reserved.

江苏省版权局著作权合同登记图字：10-2019-379号

图书在版编目(CIP)数据

物质的迷醉／（法）勒克莱齐奥著；施雪莹译. ——南京：南京大学出版社，2023.4
ISBN 978-7-305-26225-8

Ⅰ.①物… Ⅱ.①勒… ②施… Ⅲ.①散文集-法国-现代 Ⅳ.①I565.65

中国版本图书馆CIP数据核字(2022)第211524号

出版发行	南京大学出版社
社　　址	南京市汉口路22号　邮编 210093
出 版 人	金鑫荣

书　　名	**物质的迷醉**
著　者	［法］勒克莱齐奥
译　者	施雪莹
责任编辑	张　静
照　排	南京紫藤制版印务中心
印　刷	徐州绪权印刷有限公司
开　本	787mm×1092mm　1/32　印张10.125　字数160千
版　次	2023年4月第1版　2023年4月第1次印刷
ISBN	978-7-305-26225-8
定　价	68.00元

网址：http://www.njupco.com
官方微博：http://weibo.com/njupco
官方微信：njupress
销售咨询热线：(025)83594756

＊版权所有，侵权必究
＊凡购买南大版图书，如有印装质量问题，请与所购 图书销售部门联系调换